KB113891

무경 新무협 판타지 소설

암제귀환록

FANTASTIC ORIENTAL HEROES

암제귀환록 6

무경 新무협 판타지 소설

초판 1쇄 찍은 날 § 2014년 11월 18일
초판 1쇄 펴낸 날 § 2014년 11월 24일

지은이 § 무경
펴낸이 § 서경석

편집부장 § 권태완
편집책임 § 박용서

펴낸곳 § 도서출판 청어람
등록번호 § 제387-1999-000006호
등록일자 § 1999. 5. 31
어람번호 § 제2-2550호

주소 § 경기도 부천시 원미구 부일로 483번길 40 서경B/D 3F (우) 420-822
전화 § 032-656-4452 팩스 § 032-656-4453
http://www.chungeoram.com
E-mail § chungeorambook@daum.net

ISBN 979-11-316-9296-7 04810
ISBN 979-11-316-9054-3 (세트)

暗帝歸還錄

무협 新무협 판타지 소설

암제귀환록

FANTASTIC ORIENTAL HEROES

6

암제귀환록

目次

1장

혈전의 개막

"시작부터 무지막지하게 나가는구먼."

여남의 시내가 멀리 내다보이는 절벽 위. 눈살을 찌푸리며 중얼거리는 노인이 있었다.

노인의 손아귀엔 원통형의 물체가 들려 있었다.

앞뒤의 길이는 대략 일곱 치쯤 될까?

원통의 각 끄트머리엔 자그마한 수정체가 박혀 있었는데, 노인은 연신 그 한쪽 끝을 눈에 가져다 댔다.

그 순간 노인의 홍채에는 족히 다섯 리는 됨 직한 거리에서 벌어지고 있는 일전이 큼직하게 비치고 있었다.

쫓기는 흑의인과 뒤쫓는 소년. 흑의인은 제법 펑퍼짐한 옷을 입음에도 여성 특유의 굴곡진 몸매를 고스란히 드러내고 있었다.

"흐음, 련아가 무사해야 할 터인데."

걱정 섞인 중얼거림.

하나 노인은 위기에 빠진 여인을 위해 아무런 행동도 취할 생각이 없었다.

이미 저곳은 전장.

외부로부터의 도움은 있을 수 없다.

그것이 금왕이 다스리는 암류방의 철칙 중의 철칙이었다.

그리고 이는 노인, 금왕 본인에게도 해당됐다.

설령 자신의 목숨이 경각에 달린다 한들, 금왕은 외부인의 간섭을 결사코 막으려 할 터였다.

"걱정이 되시면 도우러 가지 그러시오이까?"

그것을 알면서도 농을 건네는 이가 있었다.

어지간한 거물일지라도 금왕의 앞에서는 하기 힘든 농담이다.

하지만 농을 건네는 이는 결코 어지간한 수준의 거물이 아니었다.

금왕은 빙긋 웃으며 말을 받았다.

"이 일전은 두고두고 기억될 것입니다."

농을 꺼냈던 사내도 빙그레 웃었다.

"물론 금왕께서 보증하시는 일전이니 응당 그럴 것이라 믿소."

그를 제외하고도 스무 명가량의 군중이 그곳에 더 있었다.

하나같이 금왕이 지닌 것과 같은 원통형의 물체를 지니고 있었는데, 그건 바로 서역제 망원경이었다.

군중의 면면은 알 만한 자가 본다면 두 눈이 휘둥그레질 수준.

특히나 국가의 녹봉을 먹는 이라면 금왕에게 농을 건넸던 이의 이름 앞에 기함을 할지도 모른다.

그가 바로 일인지하 만인지상이라 불리는 승상 심자청이었으니까.

절벽의 끄트머리, 이른바 특등석이라 할 수 있을 자리에 두 사람은 나란히 섰다. 한 사람은 국가의 조율자. 다른 한 사람은 암흑가의 조율자. 그 무게감이란 실로 대단한 것이었다.

"그래, 대적자는 언제쯤 등장하는 것이오?"

"기다리시면 볼 수 있을 것입니다."

"기대되는군. 작금의 노혈경을 보자면 족히 흑도 서열 이십 위권에 안착할 수 있으리라 보는데. 암제라는 햇병아리가 과연 상대가 될지 모르겠소."

심자청은 멋들어지게 기른 수염을 쓰다듬었다.

"혹 간만에 발견한 원석을 못 쓰게 만드는 것은 아닌지……."

"그 점에 대해서는 걱정하실 것이 없습니다."

금왕은 단정 짓듯 말했다.

"이 일전은 노혈경에게 있어서도 결코 쉬운 싸움이 되지는 않을 터이니."

"흠, 그 정도란 말이오? 하니 궁금해지는군. 대체 그자의 사문은 무엇이오? 필시 암제라 자처할 실력자라면 든든한 배경쯤은 있으리라 보는데."

"무림의 사정에 관심이 많으신 승상께서도 응당 알고 있으리라 생각하오나 강호는 넓고 강자는 많은 법이지요."

"물론 그렇기는 하나 강자가 많은 만큼 눈과 귀, 입과 코가 많은 것이 또한 강호가 아니겠소? 노혈경 같은 고수와 대적할 만한 강자가 하루아침에 나타나지는 않았으리라 보는데……."

심자청은 턱을 쓰다듬으며 말을 이었다.

"뭔가 숨기고 계신 게 있는 것 같소만."

"이 일전을 보고 나면 이해하실 수 있으실 겁니다."

"뭐, 좋소. 재미있군. 금왕께서 그리 자부하는 것도 무척이나 오랜만에 보는 것 같고 말이오. 하니 어떻소? 이 일전에서의 승자와 척주월을 맞붙게 만드는 것이."

척주월은 승상 심자청이 개인적으로 데리고 있는 무사였다.

기본적으로는 승상부의 호위 무사 중 하나이므로 녹봉을 먹는 무림 외의 인물이라 할 수 있으나 그 실력은 현 무림에 내놓아도 능히 일좌를 겨룰 수 있으리란 것이 세간의 평이었다.

말을 꺼낸 심자청은 금왕의 표정을 살폈다.

아마도 표정의 변화를 통해 속내를 유추해 보자는 생각일 터.

그러나 금왕은 그리 녹록한 사내가 아니었다.

"일단은 이 일전이 끝나고 얘기를 나눔이 좋을 듯합니다."

"흠."

심자청은 금왕의 속을 캐내길 포기했다.

몇 마디의 말로 심중을 들추기엔 금왕은 너무 벅찬 상대였다.

그를 비롯한 절벽 위의 군중이 바로 금왕의 고객들 중에서도 특별한 입지를 지닌 이들이라 할 수 있었다.

부와 명예, 그 모든 것을 쟁취했기에 도리어 삶이 무료해진 자들. 촌각의 자극을 위해서는 억만금이라도 능히 지불할 수 있는 능력자들.

그들은 피와 폭력, 자극과 유희에 굶주려 있었다. 또한 자

신들이 미처 지니지 못한 요소에 대해서도 큰 환상과 동경을
지니고 있었다.

그것은 바로 일신의 무력.

그들의 재력과 권력이라면 물론 무림인처럼 강해지는 것
도 얼마든지 가능한 일이다.

거금을 들여 스승이 될 자를 수배하고 암거래를 통해 각종
비급들과 환단, 영약 등을 긁어모으면 될 일이었으니 말이다.

하나 그것은 위험하기도 한 일.

그들은 자기 자신이 위험에 빠질 수 있는 일 따위는 사양했
다.

어차피 필요한 것은 자극과 재미일 뿐이니 구태여 그걸 얻
기 위해 생고생을 할 필요는 없다는 게 그들의 생각이었다.

그러한 그들 앞에 금왕과 암류방이 나타났다.

금왕은 중원을 아우르는 거대한 체계를 만들었다. 무림 곳
곳에 뻗어 있는 영향력을 이용, 내로라하는 강호의 고수들을
암류방의 전장으로 끌어들였다.

그것은 이른바 하나의 투기장이었다.

무림인은 곧 투견과 같았다. 체계적으로 분류된 서열과 정
보에 따라 적합한 상대와 맞붙게 했고 승자는 막대한 부를 얻
을 수 있었다.

그리고 관람자들은 그 과정에서 자극과 재미를 느끼는 것

이다.

　물론 그 과정이 순탄치만은 않았다. 강호무림이란 그냥 내
버려 둬도 다툼과 환란이 끊이지 않는 곳. 백도 무림과 흑도
무림은 견원지간이란 말의 뜻을 보여주겠다는 듯 매일같이
서로를 물어뜯었다.

　그래서 금왕은 배후로부터 그들 간의 세력을 조율해 왔다.
백도 무림이 밀린다 싶으면 무림맹을 지원했고 흑도 무림이
밀린다 싶으면 혈교를 지원했다.

　'하지만 세력이 두 개이기만 해서는 곤란하단 말이지.'

　금왕은 눈매를 좁혔다.

　망원경의 수정체 너머로는 강시귀들에게 내쫓기는 흑련의
모습이 보였다.

　'역시 솥을 지탱하려면 최소한 세 개의 발이 필요한 법일
지도 모르겠구나.'

＊　　　＊　　　＊

　어두운 방 안.

　현월은 정좌한 채였다.

　'할 수 있는 건 다 해뒀다.'

　흑련을 통해 노혈경에 대해 한 차례 알아낸 후 재차 금왕을

통해서도 정보를 수집했다.

이미 알고 있는 자에 대해 모르는 척하기란 나름대로의 고역이었다.

그러고도 별반 알아낸 게 없다는 건 아쉬운 일이었으나 어쩔 수 없다고 생각했다.

현월이 알아낸 내용은 대략 다음과 같았다.

'놈은 강시귀라 불리는 반시체를 조종하고 시가전에 능한 고수다.'

참으로 별것 없는 정보였다.

그래도 아주 없는 것보단 낫다는 생각이 들었다. 최소한 놈이 사용하는 수법을 안다는 것만으로도 대략적인 대처법은 떠올릴 수 있을 테니.

'한데……'

현월은 문득 미간을 찌푸렸다.

차가운 밤공기에 희미한 체취가 섞여 들어온다. 거의 육감이라 불러야 할 만큼 미세한 수준. 하나 그것이 무엇인지를 현월은 잘 알았다.

'피 냄새.'

분명했다. 그것도 뿜어져 나온 지 얼마 지나지 않은 듯한 비릿한 냄새였다.

여남의 밤공기가 피를 머금는 일이야 어제오늘의 일이 아니지만 이번만은 달랐다. 어지간한 숫자의 시체가 아니고서는 현검문이 있는 곳까지 혈향이 미치지 않았던 것이다.

거기까지 생각이 미친 순간 현월의 등허리에 소름이 절로 돋았다.

"……!"

놈인가? 현월은 생각했다.

생각하는 동시에 육체는 본능에 가깝게 움직여 방 한편에 놓인 현인검을 붙들었다.

'심령당주 노혈경!'

현월은 문을 벌컥 열고 밤하늘을 향해 내달렸다.

* * *

콰직!

팔목이 분질러지며 뼈가 튀었다. 뜯겨 나가다시피 한 손아귀가 덜렁거렸다.

아직 채 식지 않은 따끈한 피가 여남의 밤거리에 흩뿌려졌다.

그러한 인체 파괴의 와중에도 비명 소리는 숨결만큼도 새어 나오지 않았다.

'칫!'

혹련은 팔이 꺾인 강시귀를 내던지며 내심 혀를 찼다.

생명이 아닌 나무토막을 꺾는 듯한 감각.

각각의 강시귀의 전력 자체도 그다지 강하다고 보기는 힘들었다.

흑도 서열 상위권에 위치한 노혈경에게 유명세를 안겨준 수법이라기엔 너무 빈약했다.

그렇기에 더욱 입맛이 쓴 것이었다. 대체로 허(虛) 안에는 실(實)이 자리 잡고 있는 것이 병법의 기초였으니까.

"어디까지 달아나려느냐, 계집!"

노혈경이 혹련의 눈앞에서 나타났다. 그녀가 강시귀들로 인해 지체하고 있는 동안 앞을 거슬러 가서 기다린 모양이었다.

흑련은 방향을 틀어 뒤쪽으로 몸을 뺐다. 그녀의 입장상 현월과 노혈경의 대결에 끼어들어선 안 되는 것이기도 했지만 그것을 차치하고서라도 노혈경은 정면 대결을 펼치기엔 위험한 상대였다.

그녀가 몸을 뒤로 뺀 순간 노혈경은 비릿한 웃음을 머금었다.

그가 기다리고 있던 반응이었던 까닭이다.

"폭쇄(爆碎)!"

그의 일갈이 터져 나온 순간.

퍼퍼퍼퍼퍽! 퍼퍽!

사방에 흩뿌려져 있던 시체들이 일시에 폭발했다.

"……!"

폭발은 부위를 가리지 않았다. 뜯겨져 나간 손아귀도, 내장을 흘리는 몸뚱이도, 너 나 가릴 것 없이 하나같이 폭발해 버렸다.

그리고 흑련은 그 폭탄들의 한가운데에 서 있던 차였다.

콰과과광!

사방에서 일어나는 폭압에 그녀의 신형이 이리저리 떨쳐졌다.

호신강기를 최대한 끌어올린 상태였기에 몸이 찢겨 나가는 것은 막을 수 있었지만 상당한 내상을 입는 것은 피하지 못했다.

털썩!

겨우 온전한 건물의 지붕으로 뛰어오른 흑련의 모습은 엉망진창이었다. 소림사에서 입은 내상이 채 회복되지도 않은 상태였는데 이 일격으로 상처가 더욱 악화되고 말았다.

"헉헉. 헉……."

그녀는 힘겹게 숨을 고르며 몸 상태를 살폈다.

폭발 자체보다도 그로 인해 사방으로 터져 나온 파편에 의한 타격이 컸다.

호신강기를 둘렀음에도 몸 곳곳에 혈선이 그어져 버렸다.

가장 심각한 것은 허벅지의 부상. 살점이 한 뭉텅이는 뜯겨 나간 듯싶었다.

그녀는 우선 허벅지를 점혈한 후 옷가지를 찢어 지혈했다. 그런데도 출혈을 완전히 막지 못해 시커먼 옷가지가 축축해 졌다.

탁.

노혈경이 몇 걸음 거리의 지붕 위에 올라섰다.

그의 얼굴엔 여유가 가득했다.

"네가 운이 나쁘구나. 애초부터 몸 상태도 온전하지 않았 던 듯싶은데 하필 만난 사람이 다름 아닌 본좌라니 말이야."

"……"

"하지만 그것도 네 팔자다. 하필 본좌 앞에서 암제 놈의 행 색을 하고 다닌 것을 후회하는 게 좋으리라."

흑련은 작게 한숨을 내쉬었다.

"늦었잖아요."

"뭣이?"

"미안."

목소리는 뒤편에서 들려왔다.

노혈경은 반사적으로 신형을 반전시키는 동시에 우장을 뻗었다.

콰앙!

장력은 애꿎은 기왓장만 부수었다. 다음 순간 예의 목소리는 흑련의 곁에서 들려왔다.

"아무래도 며칠 누워 있어야겠는걸. 이럴 줄 알았다면 내보내지 말 걸 그랬어."

"자책하는 건가요?"

"그래, 그러면 안 되나?"

"글쎄요."

흑련은 피식 웃으며 눈을 감았다.

온몸이 아프다고 비명을 지르고 있는데도 묘하게 기분은 차분했다.

"네놈이 암제냐?"

노혈경이 쏘아붙이듯 말했다. 현월은 무시한 채 자신의 옷가지를 찢어 그녀의 허벅지를 지혈했다.

"대답하지 않으면 계집의 머리를 날려 버리겠다."

서슬 퍼런 협박에도 현월은 흔들리지 않았다.

"꽉 붙들어 매고 있어. 곧 궁사독과 하오문 떨거지들이 달려올 테니 그때까지만 참아."

"그러죠."

더 참지 못한 노혈경이 일수를 뿌렸다. 그의 손아귀에서 시퍼런 지풍이 쏘아졌다. 목표는 물론 흑련의 미간이었다.

현월은 허리춤에 찬 현인검을 살짝 기울였다. 지풍은 현인검의 검갑을 탕 하고 때리고는 궤도가 뒤틀렸다.

파각!

결과적으로 애꿎은 기왓장만 깨져 나갔다. 그것을 본 노혈경이 입을 오므렸다.

"호오, 제법 실력은 있는 놈이군."

몸을 일으킨 현월이 노혈경을 돌아봤다.

"내가 암제가 맞소."

"퍽이나 빨리도 대답하는군. 본좌의 참을성을 시험할 참이더냐?"

"딱히. 내가 꼭 댁의 질문에 꼬박꼬박 대답해야 할 입장도 아니고."

"건방진 놈. 본좌의 약을 살살 올리는 실력 하나는 일품이로구나."

현월은 픽 웃었다.

"누가 보면 내가 일부러 댁을 도발하는 줄 알겠군. 댁이야말로 뭔가 착각하고 있는 것 아니오?"

"착각이라니?"

"엄밀히 말해 댁이 먼저 날 도발했다는 소리지."

현월의 신형 주위로 무형의 살기가 어른거렸다. 그것을 감지한 노혈경의 눈매가 절로 가늘어졌다.

"여남을 이 꼴로 만들고도 무사하리라 생각하지는 않겠지?"

차갑게 중얼거리는 현월의 주위는 그야말로 폐허나 다름 없었다.

폭발해 버린 강시귀들로 인해 주변의 구역은 엉망진창이 되어 있었다. 살점 파편과 벽돌 부스러기가 한데 뒤엉켜 있는 모습은 보는 이로 하여금 절로 욕지기를 불러 일으켰다.

"후후. 예술적이지 않더냐?"

"생긴 것만 어린애 꼬락서니지 하는 짓은 미치광이 노인네가 따로 없군."

"너무 그렇게 짖어댈 필요는 없다. 네놈도 곧 같은 꼴로 만들어줄 터이니 말이야."

현월은 주변 상황을 살폈다.

이런 대규모의 폭발이 일어났는 데도 관아에선 별다른 움직임이 없었다. 아무래도 금왕이 뭔가 수를 쓴 모양이었다.

'황제를 넘어서는 금력을 지녔다는 건 알고 있지만 설마 관부까지 장악할 정도라는 건가?'

그뿐 아니라 전쟁통에 버금가는 난리가 났는 데도 바깥으로 나오는 주민은 거의 없었다.

현월의 시선을 파악한 노혈경이 넌지시 말했다.

"집이 무너져도 통곡할 사람은 남아 있지 않다. 어찌 보면 자기 손으로 무너뜨린 것이기도 하고 말이야."

"……."

애꿎은 주민들을 강시귀로 만들었다는 뜻.

현월의 눈빛에 살기가 일자 노혈경은 헛웃음을 뱉었다.

"웃기는 놈! 지금 분노하고 있는 것이냐? 그깟 무지렁이 인생들을 소모품으로 사용했다고? 암제라는 이름이 울고 가겠군. 네놈이 정녕 흑도를 걷는 자가 맞는 것이더냐?"

"흑도인이라 해서 무고한 이의 죽음에 분개하지 말란 법은 없지."

"황당한 녀석이로구나."

물론 놈의 말마따나 흑도인이 무조건 악해야 한다는 법 따위는 없다.

하지만 대체적으로 흑도인들은 자신의 목적을 위해 수단과 방법을 가리지 않는 법이었고 애초에 그런 까닭에 흑도의 이름을 등에 걸머진 것이기도 했다.

'한데 자기는 아니다, 그건가?'

특이한 놈이었다.

약간이지만 패도궁주 백진설을 닮아 있는 것 같기도 했다.

그러나 엄밀히 따지면 둘의 성향은 전혀 상반된 것이었다.

백진설이 한없이 무심에 가까운 존재인데 반해 암제라는 놈은 그와는 대척점에 있는 듯싶었으니까.

"하나 무슨 상관이랴! 어차피 네놈은 이 노혈경의 손아귀에서 죽음을 맞을 터인데."

"다 떠들었나?"

현월이 별안간 몸을 날렸다. 노혈경은 사납게 웃으며 요격에 나섰다.

"자옥혈령수(紫玉血靈手)의 맛을 보여주마!"

노혈경의 양 손아귀에 자색 혈광이 맺혔다. 마치 독에 중독된 핏빛과도 같은 광휘.

사특한 기운에서 느껴지는 것은 철저한 죽음의 냄새였다.

현월은 현인검을 출수해 바닥과 평행을 이루게 했다. 그리고 그 자세 그대로 노혈경의 신형을 찔러 들어갔다.

그 와중, 돌연 현인검이 궤도를 바꾸어서는 바닥을 내려찍었다.

그리고…

쩌저저적!

바닥, 그러니까 건물의 지붕을 이루는 석재가 한데 들어 올려졌다. 그 크기는 거의 장정 한 명의 체구에 맞먹을 수준으로, 무게 또한 수백 관에 이를 것임이 분명해 보였다.

현월은 석재에 경력을 실어서는 노혈경 쪽으로 차냈다.

"허튼 수작을!"

임기응변치고는 제법이나 위협적이진 않다. 노혈경은 황

당함마저 느끼며 석재를 후려쳤다. 자옥혈령수의 일격에 석재가 박살이 나 산산이 흩어졌다.

'놈은?'

현월은 연달아 공격하지 않은 채 서 있었다. 처음 서 있던 위치에서 약간 비켜서기만 한 채였다.

잠시 의아해하던 노혈경은 그 찰나지간에 흑련의 모습이 사라졌다는 것을 깨달았다.

"네놈, 설마?"

주변을 살핀 노혈경의 기감에 뭔가가 감지됐다.

얼마 떨어지지 않은 위치에서 내달리고 있는 두어 개의 신형.

그중 하나에 계집의 몸이 걸쳐 있었다.

그제야 노혈경은 현월의 위치가 교묘하다는 것을 실감했다. 그는 달아나는 이들과 노혈경의 사이에 서 있었던 것이다.

"조금 전의 어설픈 수법은 본좌의 신경을 흘리려는 수였나 보구나."

형편없는 공격에 필요 이상으로 열을 냈고, 그 와중에 주변에 대한 경계가 소홀해졌다.

"그 찰나를 이용해 저 애송이 놈들이 계집을 빼간 모양이로군. 그런 걸 보면 네놈도 의외로 정에 약한 모양인 것 같구

나. 저깟 계집의 목숨이 뭐 그리 중하다고…….”

“하긴 댁처럼 사람 목숨을 하찮게 여기는 자에겐 중요한 것도 없을 것 같군.”

“바보 같은 소리. 본좌에게도 물론 중한 것이 존재한다.”

노혈경은 차갑게 웃었다.

“물론 그중 으뜸은 본좌 자신이지. 내가 있고서야 세상도 있는 법. 내가 죽은 후의 세상이란 무가치한 것이니 말이다.”

“안타까운 일이군. 곧 세상이 무가치해질 테니.”

“제법 난 놈이라 생각했거늘 이제 보니 범 무서운 줄 모르는 하룻강아지였나 보구나!”

노혈경이 재차 신형을 날렸다. 자옥혈령수의 광채는 이제 더욱 흉험하게 변해 있었다.

현월도 이번에는 정면 대결로 맞섰다. 어차피 노혈경쯤 되는 강자에게 두 번의 임기응변은 통하지 않을 터였다.

차차차창!

허공 위로 암흑과 자광이 어지럽게 어우러졌다. 검격과 장법이 한차례 충돌할 때마다 그들이 발을 디딘 건물은 사시나무처럼 몸을 떨었다.

전체적인 내공 수위는 노혈경 쪽이 높았으나 현월은 암천비류공의 특성을 이용해 어느 정도 동률을 이룰 수 있었다.

‘강하다.’

현월은 내심 경악성을 삼켰다.

어둠 속이 아닌 대낮의 전투였다면 현월이 수세를 면치 못했으리라.

그런 걸 보면 금왕은 제법 공정한 모양이었다.

현월에게 별다른 정보를 주지 않은 것처럼 노혈경에게도 정보를 누설하지 않은 모양이었으니까.

물론 현월에게 흑련이 있었음을 감안한다면 금왕이 오히려 현월 측을 좀 더 배려해 준 것이라 봐도 좋을 듯했다.

'그러지 않고선 내가 불리할 수도 있기에?'

지금까지의 상황만 봐서는 그 말이 크게 틀린 것도 없었다.

노혈경은 현월이 지금껏 맞상대해 본 고수들 중에서도 특히나 강한 편이었으니까.

'이 정도임에도 혹도 서열 삼십 위권에 머무른다고?'

물론 흑련이 말했듯 노혈경의 순위는 상당히 오래전의 것이었으니 지금쯤이면 몇 계단 상승했을 가능성도 높았다.

하지만 그렇다 하더라도 최상위권이라 할 정도는 아닐 것이다. 다른 이들이 제자리걸음 하는 가운데 그 홀로 강해졌다면 모를까.

다시 말해 이런 고수마저 능가하는 진짜 괴물들이 강호무림에 존재한다는 것이다.

그리고 그중엔 전성기의 현월마저 압도하는 강자 또한 존재할 터였다.

'아직도 갈 길이 멀구나.'

현월은 내심 쓴맛을 느꼈다.

"으음!"

노혈경 또한 놀란 듯한 얼굴로 침음을 흘렸다.

파앙!

크게 한차례 충돌한 이후 두 사람은 누가 먼저랄 것 없이 거리를 벌렸다.

현월과 노혈경은 그렇게 대치한 채로 잠시 숨을 골랐다.

노혈경이 씹어뱉듯 말했다.

"제법이로구나, 네놈. 핏덩이 같은 나이임을 감안한다면 경악할 지경이로군. 어째 당대의 무림엔 기재들이 판을 치는 것 같구나."

"왜, 이제 와서 겁이라도 나는 것이오?"

"허튼소리를 지껄일 기력이 아직도 남아 있더냐? 하나 네놈의 신묘함도 그자에게는 미치지 못하는군."

"그자?"

노혈경이 흐흐 웃었다.

"들어는 보았더냐, 저 패도궁주 백진설에 대해서!"

현월의 표정이 순간 경직되었다.

금왕도 한 차례 언급한 적이 있었다.

패도궁. 유설태의 영향력에서 벗어나 있는 혈교 내의 또 다른 세력.

그 패도궁의 주인이 바로 백진설이었다.

당시 금왕은 단언하는 어조로 그와 현월의 실력 차에 대해 말했었다.

"자네는 그의 십초지적이 되지 못할 걸세."

그리고 지금.

또다시 노혈경의 입을 빌려 그의 이름이 나온 것이었다.

"후후후. 네놈도 두려움을 느끼는 모양이로구나. 이제 좀 실감이 나느냐. 산 넘어 산이 있고 하늘 위에 또 다른 하늘이 있다는 것을!"

"아니."

현월은 고개를 저었다.

"그런 것쯤은 이미 오래전에 뼈저리게 실감했소."

"뭣이라?"

"게다가 지금 그자의 이야기를 해봐야 내겐 아무런 감흥도 없소. 내가 지금 죽이고자 하는 자는 패도궁주 백진설이 아니라 혈령당주 노혈경이니까."

"네놈이 건방진 소리를……!"

"그리고 백진설, 그자 또한."

현월은 현인검을 비스듬히 세웠다.

"언젠가 내 손에 죽게 될 거요."

"헛소리는 그쯤 하려무나!"

노혈경의 양손이 활활 불타 올랐다. 자색의 불길을 머금은 쌍장이 현월을 향해 쇄도했다.

그것을 본 현월 또한 현인검을 쥔 손아귀에 경력을 쏟아냈다.

도해흑산(導海黑山)!

해일과 같은 강기가 노혈경을 맞았다. 그것에 자옥혈령수를 충돌시킨 순간 노혈경의 얼굴이 흙빛으로 변했다.

'이럴 수가!'

분명 내공 면에선 그가 앞서고 있었다.

한데 지금 맞부딪친 현월의 내공은 그를 훨씬 상회하고 있었다.

당장 떠오르는 가능성은 두 가지. 놈이 본래 실력을 숨기고 있었거나…

'그새 내력을 회복했거나!'

콰르르릉!

해일과 같은 흑색 기운이 노혈경을 난자했다.

"크윽! 크아악!"

강기의 격류를 견디지 못한 노혈경이 피를 토하며 뒤로 나자빠졌다.

'기회!'

현월은 곧장 신형을 날렸다.

승기를 잡았을 때 끝장을 내는 것은 살검의 철칙. 상대를 깔보거나 비웃는 여유를 부리는 것은 머저리들이나 할 짓이었다.

"크윽!"

겨우 몸을 수습한 노혈경이 급히 뛰어올랐다. 현월의 검강이 그가 있던 자리를 아슬아슬하게 훑고 지나갔다.

콰지지직!

빗나간 검강이 뒤편의 건물을 반으로 쪼갰다.

제법 큼직한 집채 하나가 절단되어선 송두리째 무너져 내렸다.

땅바닥에 내려선 노혈경은 복부를 움켜쥔 채 헐떡였다.

"제기랄! 헉헉······."

이는 크나큰 굴욕이었다. 어쩌면 백진설에게 철저하게 패배한 것 이상의.

백진설에게 당한 패배는 차라리 시원하게 인정할 수 있었다.

해일이나 화산, 낙뢰와 같은 재해를 이기지 못했다 하여 분개할 수는 없는 노릇이었으니까.

오히려 백진설은 그에게 무공 상승의 기회까지 제공했다.

게다가 목숨까지 살려주었으니 분개는커녕 백번 감사하고도 모자랄 지경이었다.

하지만 지금의 경우는 전혀 달랐다.

설령 실력을 숨기고 있었다고 하더라도 현월의 실력은 그와 크게 차이가 나지 않았다. 그렇기에 조금 전까지 그를 압도하고 있던 노혈경으로선 분노가 느껴질 수밖에 없었다.

"그러나 끝이 아니다! 오히려 싸움은 지금부터다!"

표독스럽게 소리친 노혈경이 어둠 속으로 몸을 숨겼다. 그의 다음 행보란 뻔한 것이었다.

'놈이 강시귀를 만들려 한다!'

현월은 급히 노혈경을 뒤쫓았다.

2장

혈전의 전개

"…강하군."

메마른 침묵 속에 나직한 침음이 흘렀다.

진중하게 중얼거린 심자청은 금왕에게로 시선을 돌렸다.

"대체 저런 인재를 어떻게 발굴해 낸 게요?"

금왕은 대답 대신 빙긋 웃기만 했다. 그 웃음은 심자청이 가지고 있는 호승심을 부채질했다.

"재미있군. 간만에 척주월에게 붙여줄 만한 먹잇감을 발견한 것 같소."

제국의 승상인 심자청의 취미가 이것이었다. 강하다 싶은 무인과 자신의 무사들을 맞붙게 하는 것.

물론 그걸 위해선 금왕의 재가가 필요했다. 하지만 심자청의 영향력이나 권력을 감안한다면 재가를 얻어내는 것쯤은 그리 어려운 일이 아니었다.

지금까지는.

"날짜를 잡으시오, 금왕. 척주월에게는 내가 얘기해 두지. 필시 역사에 남을 일전이 펼쳐지게 될 것이오."

"승상, 아직 대결은 끝나지 않았습니다."

"더 봐서 무얼 하겠소? 노혈경이 당해내지 못하고 도망이나 치는 판에."

"심령당주의 본 실력은 거기서부터 시작된다고 봐도 좋습니다. 비록 암제가 밀어붙이는 형국이라고는 하지만 아직 승패가 결정 났다고 보기엔 이르다고 사료됩니다."

"금왕답지 않구려. 왜 자꾸 빼려는 것이오?"

심자청이 미간을 구겼다.

"자꾸만 그런 느낌이 드는구려… 금왕이 저 암제라는 애송이를 애지중지하고 있다는 느낌이 말이오."

"굳이 부정하진 않겠습니다."

"놈이 그대의 아들이라도 되오?"

금왕은 너털웃음을 터뜨렸다.

"그럴 리가 있겠습니까?"

"그렇겠지. 그래서 이상하다는 거요. 놈이 제법 난 놈이라고는 하나 저 정도의 실력자가 강호에 아예 없는 것은 아니니까."

"암제는 아직 이립에도 이르지 못했습니다. 그 또래에 저 정도 실력자는 중원 전역을 통틀어도 흔치 않을 것입니다."

"하지만 아예 없는 것도 아니지. 나는 알고 있소. 저 또래의 백진설이 몇 수 위의 강자였다는 것을. 지금 당장 붙인다 해도 암제가 그의 백초지적이 되지는 못할 것이오."

"그 말씀에는 동의합니다."

"그러니 이상하다는 거요. 놈에게 그대의 흥미를 끌 만한 뭔가가 따로 있다는 것이오?"

금왕은 빙긋 웃었다.

"역시 승상의 안목을 속이긴 어렵겠군요. 추측하신 바가 맞습니다."

"그렇다면 놈에게만 있는 그 뭔가의 정체를 말해보시오."

"죄송한 일이나 지금 당장은 어렵겠습니다."

심자청이 이맛살을 찌푸렸다.

금왕의 영향력이 대단하다고는 하나 국가에 비할 바는 아니다. 그리고 심자청은 그중에서도 정점의 가장 가까운 곳에 위치한 존재. 구태여 영향력을 따지더라도 금왕에 비해 밀리진 않았다.

하지만 그 말을 뒤집어 본다면 금왕 또한 일국의 승상에 비해 크게 꿀리지는 않는다는 것.

때문에 심자청은 불쾌감을 표출하는 것 이상의 행동을 보이지 못했다. 어찌 됐든 그들에게 향락을 베푸는 이는 금왕이었고, 그 향락의 맛은 너무나 달콤했으니까.

"흠, 그럼 대결이 끝난 후에 다시 얘기해 봅시다."

"알겠습니다, 승상."

두 사람은 다시 여남의 거리로 시선을 돌렸다.

*   *   *

"타앗!"

외마디 기합성과 함께 장력을 분출한다. 노도처럼 쇄도한 장력은 석벽을 부수고 그 안쪽에 있던 사람들은 기겁을 하며 비명을 쏟는다.

"히익!"

"뭐, 뭐야!"

이미 밤의 정적은 깨어진 지 오래다. 여남의 주민들은 갑작스런 굉음의 연발에 잠에서 일어나 긴장하고 있던 중이었다.

"흥!"

한차례 코웃음을 친 노혈경이 성큼 집 안으로 들어섰다.

그의 신형으로부터 자색의 안개가 뿜어져 나오는가 싶더니 이내 사람들의 칠공으로 빨려 들어갔다.

"커, 커억?"

"뭐, 뭐야……?"

당혹하여 허우적거리던 사람들의 눈에서 금세 생기가 빠져나갔다. 참으로 간단하게도 강시귀가 생성이 되는 순간이었다.

뒤쫓아 들어가던 현월은 그것을 보고 침음을 삼켰다.

'저렇게 간단히 사람의 이지를 상실케 하다니.'

보통 능력이 아니다. 그냥 내버려 두면 여남을 반시체의 도시로 만들어 버릴지도 몰랐다.

뒤쫓아 온 현월을 발견한 노혈경이 급히 손을 저었다.

"놈을 쳐라!"

파팟!

강시귀들이 현월에게 짓쳐 들었다. 보아하니 무공 하나 익히지 못한 사람들 같은데 그 속도의 날램은 보통이 아니었다.

뚜두둑. 뚜둑!

강시귀들이 움직일 때마다 기묘한 파열음이 울렸다. 한계를 넘어선 움직임에 근육과 관절이 내지르는 비명 소리였다.

'강제적으로 인체의 한계를 넘어서게 한 건가?'

노혈경의 입장에선 어차피 망가져도 되는 소모품. 그렇기에 저런 무식한 방법을 쓰는 것임이 분명했다.

현월은 잠시 고민했다. 이들을 원래대로 되돌릴 방법이 있을까?

떠오르는 것은 없었다. 게다가 있다손 치더라도 이런 상황에서는…

돌연 노혈경이 소리쳤다.

"폭쇄!"

콰광!

강시귀들이 순간적으로 폭발했다. 현월이 들어서 있던 집채가 통째로 무너져 내렸다.

현월은 삽시간에 돌 더미에 깔린 꼴이 되었다.

"크크! 이건 조금 아팠을 게다."

노혈경이 비릿한 웃음을 흘렸다.

사람에겐 누구나 선천진기라는 것이 존재한다.

이는 무인들이 후천적으로 체내에 쌓는 내공과는 다른 성질의 기운이었는데, 생명이라면 응당 지니고 있을 본질적인 원기라고 할 수 있었다.

노혈경은 오랜 공부를 거쳐 상대방의 원기를 제어하는 능력을 터득했다. 그리고 이를 활용하여 강시귀 조종의 비술을 완성했다.

그중에서도 백미라 할 수 있는 것이 폭쇄.

강시귀의 체내에 축적된 선천진기를 단번에 격발시켜 무시무시한 인체 폭뢰로 만드는 것이었다.

그 위력 또한 발군.

하나 정말 무서운 것은 노혈경 본인의 내력 소모가 거의 없다는 점이었다.

"한마디로 본좌야말로 시가전의 제왕이란 것이지."

인간이 많으면 많을수록 노혈경은 강력한 공격력을 소유할 수 있다.

일만의 강시귀만 통솔할 수 있다면 지금 당장 백진설과 맞붙는다 하더라도 지지 않을 자신이 있는 그였다. 하물며 암제라는 놈쯤이야.

더군다나 여남의 인구수는 족히 수만에 이른다.

노혈경에겐 자신만이 쓸 수 있는 병기가 사방에 놓여 있는 것이나 다름없었다.

콰직!

무너진 폐허로부터 돌연 석조 조각이 솟구쳤다. 몇 조각의 벽돌이 노혈경을 향해 날아들었다.

"쳇!"

노혈경은 혀를 차며 벽돌들을 쳐냈다. 그 와중에 폐허 위로 치솟는 건 현월의 신형이었다.

'별반 타격이 없었던 건가.'

잠깐의 여유를 부리려 했거늘 그것마저 사치였나 보다. 현월은 딱히 다치지 않은 모습으로 노혈경을 지그시 응시했다.

'하지만!'

노혈경은 뒤편으로 몸을 날렸다. 어차피 이곳에 널린 것이 그의 병기였다.

"미안하지만 당신이 미처 생각 못 한 것이 있지."

"……!"

목소리는 바로 왼편에서 들려왔다.

노혈경은 흠칫 놀라는 동시에 목소리가 들려온 방향으로 장력을 떨쳤다.

현월은 어느새 그의 왼편을 점한 채 일권을 내뻗는 중이었다.

쿠웅!

묵직한 충돌.

노혈경은 순간 바위와 충돌하는 느낌에 오한이 들었다. 방금 전의 공격으로 약간이나마 타격이 있었을 텐데 놈의 내력은 조금도 줄어들지 않은 채였다.

'놈에겐 무한대의 내공이라도 존재한단 말인가?'

그럴 리는 없다. 그것은 불가능한 일이었다.

노혈경은 밀려나는 힘을 역이용해 후방으로 몸을 날렸다.

뭐가 어찌 됐든 지금은 일단 물러나 강시귀를 축적하는 것이 우선이었다.

'그 계집을 쳤던 게 실수였던가.'

흑련에게 소모한 강시귀를 남겨만 두었던들 이렇게까지 위기감을 느끼진 않았으리라. 노혈경은 자신이 너무 자만했음을 자책했다.

'놓치지 않는다!'

현월은 현월대로 집요하게 노혈경에게 따라붙었다. 그에게 강시귀를 만들어낼 여유를 주는 것이야말로 패배의 초석임을 잘 아는 까닭이었다.

차차차창!

여남의 어둠 속에서 연달아 불꽃이 피어났다. 두 줄기의 강기가 충돌하며 사방으로 돌풍을 일으켰다.

"크으윽!"

노혈경의 몸이 주르륵 밀려났다. 침음을 흘리는 입가에서는 두 줄기의 선혈이 흘러내렸다.

"강하구나, 네놈. 어찌 된 연유인지는 몰라도 내력에 한도가 없어 보이는구나. 금지된 비술이라도 사용한 것이더냐?"

"글쎄, 뭐가 됐든 당신이 알 필요는 없을 것 같군."

"크흐흐. 암제라는 참칭을 할 만큼의 자신은 있다는 건가?"

비릿한 웃음을 흘리는 노혈경.

그러나 그 웃음의 끄트머리가 경직되는 것만큼은 피하지

못했다.

현월은 피식 웃었다.

"용쓰는군. 이런 상황에서도 자존심만은 지켜야겠다는 건가?"

"아직 끝나지 않았다. 벌써부터 다 이긴 양 득의양양할 것 없느니라."

"아니, 여기서 끝날 것이다."

현월은 현인검의 검병을 강하게 쥐었다.

그것을 바라보는 노혈경의 얼굴은 사정없이 뒤틀리고 있었다.

"네놈……!"

강한 척을 해보긴 했으나 자신이 밀리고 있다는 것쯤은 누구보다 잘 아는 노혈경이었다. 그러나 그는 그 사실을 결코 인정할 수가 없었다.

"네놈 같은 애송이에게!"

현월은 그 순간 호흡을 짧게 끊었다.

단박에 치고 들어가 전력으로 노혈경의 숨통을 끊어버릴 생각이었다.

하지만 그때, 미처 예기치 못했던 상황이 벌어졌다.

다수의 인원이 두 사람이 싸우고 있는 곳으로 몰려든 것이다.

"이, 이게 대체 무슨……!"

"저자들은……?"

여남의 관병들이었다.

한창 전투가 벌어지고 있을 땐 코빼기도 비치지 않더니 이제야 모습을 드러낸 것이다.

'금왕이 통제해 둔 게 아니었나?'

현월은 당황스러웠다.

그림자조차 비치지 않기에 꼭꼭 숨어 있을 거라 생각했는데 뒤늦게 나타난 관군의 숫자는 족히 수백에 이르렀다.

"네, 네놈들은 대체 뭐하는 개종자들이냐!"

관군을 이끄는 관병장(官兵長)이 일갈했다.

그러나 호통이라기보다는 차라리 비명에 가까운 목소리였다.

구겨져 있던 노혈경의 얼굴에 비로소 미소가 스쳤다.

"죽으란 법은 없군."

"……!"

현월이 순간적으로 노혈경에게 쇄도했다.

그러나 노혈경이 한발 앞서 관군 사이로 뛰어든 뒤였다.

"흐읍!"

기합성과 함께 노혈경으로부터 자색의 기운이 뿜어져 나왔다.

그 기운은 현월이 미처 손쓸 새도 없이 관군들에게로 스며들었다.

"허억! 이, 이게 무슨……!"

"크아아!"

"끄어어어!"

아비규환의 현장이 벌어졌다. 별다른 무위를 지니지 못한 관병들이었기에 그만큼 간단히 노혈경에 의해 강시귀로 변해 버렸다.

이러니저러니 해도 그는 흑도 서열 최상위권의 강자였던 것이다.

노혈경은 주저하지 않고 명령했다.

"폭쇄!"

파파파팟!

수백의 강시귀가 현월에게 몸을 날렸다.

전후좌우는 물론이고 공중까지 몸뚱이를 들이밀어 막아버리는 통에 현월은 빠져나갈 구멍을 찾을 수 없게 되었다.

삽시간에 강시귀들 사이에 갇혀 버린 꼴이 된 것이다.

그리고…

콰과과과광!

무시무시한 폭발이 여남의 밤거리를 뒤흔들었다.

　　　　　*　　　　*　　　　*

쿠우우우우……!

시커먼 연기가 치솟는 모습은 멀리 떨어진 절벽에서도 훤히 보였다.

폭발의 규모를 생각했을 땐 절정 고수의 호신강기로도 목숨을 장담하기 힘든 수준이었다.

"으음!"

심자청은 침음을 흘렸다.

"예측할 수 없는 변수란 언제 어디서든 나타날 수 있다는 것인가."

"……."

"그나저나 놀랄 일이군. 보통 관부의 병력은 금왕께서 통제하시지 않소? 한데 이번만큼은 너무나 절묘한 시점에 등장을 해버렸군. 여남의 관병장이란 자가 지나치게 무능했던 탓인가?"

금왕은 앞서와 마찬가지로 대답하지 않은 채 침묵했다.

'충격이라도 받은 것인가?'

심자청은 그렇게 생각했다.

암제라는 애송이가 제법 활약을 하긴 했다지만 이 정도 폭발에서 살아남았으리라곤 생각하기 어려웠고, 그 때문에 그를 애지중지하던 금왕 또한 충격을 받은 것이란 생각이 들었다.

'하지만······.'

과연 그게 맞는가?

심자청이 금왕과 알고 지낸 기간은 족히 삼십 년이 넘는다. 그가 비교적 말단의 석을 차지하던 때부터 금왕을 알고 지냈고, 그런 만큼 금왕에 대해서는 나름대로 파악하고 있다고 자부했다.

그런 그의 기억 속에 이번과 같은 실수는 존재하지 않았다.

'금왕쯤 되는 자가 실수로 관부를 통제하지 못했다?'

그것은 말이 되지 않는다. 심자청은 자신했다.

'그렇다는 건······!'

심자청은 이제 새로운 시선으로 금왕을 바라보고 있었다. 그는 금왕이 충격을 받았다고 생각했지만 사실은 그 반대였던 것이다.

"금왕께서 획책하신 일이군."

"그렇습니다."

금왕의 목소리는 담담했다.

"사실 최대한 정당한 조건하에서 대결을 시키려 했습니다만 아무래도 시간대가 밤인지라 그것은 어렵겠더군요. 하여 노혈경을 위해 나름대로의 준비를 가미해 두었지요."

"으음……."

그 말은 곧 정정당당히 싸웠다면 암제가 유리했으리란 뜻.

게다가 실제로 상황이 그렇게 되었다.

'한데 시간대가 밤이라는 건 무슨 의미지?

3장

혈전의 종막

　현월은 눈을 떴다.

　팔다리에 감각이 없었다. 눈에 보이는 것도 없었고 귓가에 들리는 것도 없었다.

　다만 기억만이 선명할 뿐.

　'목숨은 건진 건가?'

　강시귀들은 전후좌우 사방에서 폭발을 일으켰다. 그 한가운데에 끼어버린 현월은 폭발의 후폭풍을 고스란히 온몸으로 받아야 했다.

　그 숫자는 물경 수백.

내력을 송두리째 끌어모아 호신강기를 펼쳤지만 역부족이었다. 현월은 온몸이 갈가리 찢기는 고통 속에 정신을 잃었다.

'그리고 얼마나 흐른 거지?'

많은 시간이 흐른 것 같진 않았다. 현월은 인내심을 가지고 기다리기로 했다.

다행히 약간의 시간이 흐르니 촉감을 시작으로 오감이 하나씩 돌아오기 시작했다.

암천비류공의 공능으로 인한 재생 현상이 시작된 것이다.

'만약 이 어둠이 없었더라면……'

졸지에 비명횡사할 뻔했다. 현월은 내심으로 안도의 한숨을 내쉬었다.

'내 상태는?'

현월은 시체 더미 안에 파묻혀 있었다. 수백 수천 조각으로 토막이 난 관병들의 시체 속에 몸이 끼어버린 상태였다.

하나 지금으로썬 차라리 다행이라 할 수 있었다. 노혈경의 눈에 띄었더라면 이어지는 공격을 받아야만 했을 테니까.

'시간은 얼마 흐르지 않은 것 같다. 잠시 동안만 기절해 있었던 건가?'

다행이라면 다행.

얼마 떨어지지 않은 위치에서 웃음소리가 들려왔다. 어린

소년의 청아한 웃음소리.

그러나 그것이 겉껍데기에 불과하다는 것을 현월은 잘 알고 있었다.

"하하하하! 하늘이 본좌의 손을 들어줬군. 아니, 이 경우엔 하늘이 아니라 금왕이라 해야 할까?"

현월은 팔다리를 까닥거려 보았다.

손가락 끝에 감각이 돌아온 것이 느껴졌다. 다만 하반신은 아직 완전히 재생되지 않은 듯 아무런 느낌도 없었다.

'앞으로 반각.'

그 정도라면 능히 몸 전체가 회복될 수 있을 것이다. 하지만 문제는 과연 노혈경이 그때까지 기다려 주느냐 하는 점이었다.

그리고 그는 그럴 생각이 없는 듯했다.

"놈의 몸뚱이 따위, 신원을 분간할 수 없을 정도로 산산조각이 났을 테지만… 그래도 만약의 경우란 게 있는 법이지. 혹시나 모르니 뒤처리를 해야겠구나."

현월은 이를 악물었다. 몸이 회복되지 않은 지금 노혈경을 맞닥뜨리게 되면 산 채로 회가 떠지는 걸 면할 수 없을 터였다.

킄킄거리며 웃던 노혈경이 손을 뻗었다.

"어디 보자……."

콰아앙!

오 장쯤 떨어진 거리에서 폭발이 일었다. 장풍을 날린 것이었는데, 폭발로 인해 비산하는 살점 중 몇몇이 현월이 있는 자리에까지 날아들었다.

콰광!

연신 주변에서 폭발이 일어났다. 노혈경은 아예 시체들 전부를 잘게 다져 버리기로 작정을 한 듯한 모습이었다.

잇따른 폭발은 차츰 현월이 있는 쪽으로 가까워지고 있었다. 그사이 현월의 몸은 왼쪽 다리까지 재생이 된 상태였다.

'사 반각만 더 있다면……!'

나머지 오른 다리까지 치유한 후 체내의 내력을 끌어올릴 수 있을 터.

그러나 지금 상태로는 나가 싸워 봐야 시간 끌기 이상은 할 수 없을 터였다.

노혈경의 손바닥이 기어코 현월이 있는 방향으로 향했다.

'지금 나가야 하나?'

현월의 머릿속이 복잡해졌다.

지금 나갔다간 필패. 그러나 멍청히 있다가는 다져진 고기 꼴이 되고 말 터였다.

"응?"

장풍을 발하려던 노혈경이 흠칫했다. 현월은 이내 그 이유를 알 수 있었다.

쉬익!

갑작스레 불어온 바람이 노혈경의 몸을 훑고 지나갔다.

이윽고 노혈경의 흉부에서 따끈한 선혈이 튀었다.

"큭!"

침음을 흘린 노혈경이 표정을 구겼다.

"웬 놈이냐!"

대답 대신 두 번째 바람이 몰아쳤다.

하나 이번엔 노혈경이 휘두른 팔과 충돌해서는 튕겨져 나갔다.

그리고 얼마 떨어지지 않은 바닥을 한차례 구르고 일어나는 신형 하나.

흑련이었다.

"하! 웬 놈이 아니라 웬 계집이었군."

노혈경의 얼굴이 다시금 여유를 되찾았다.

갑작스런 기습에 잠시 당황하기도 했지만 지금의 몸 상태를 봤을 때 흑련은 결코 노혈경의 상대가 될 수 없었다.

"본좌의 손에 죽으려고 다시 온 것이냐? 그런 거라면 제대로 찾아왔다고밖엔 말을 못 하겠구나."

"멍청한 소리는 당신 부하들에게나 하시지. 그런 게 있을 거라고는 생각하지도 않지만……."

차갑게 쏘아붙인 흑련이 내리 말했다.

"원칙대로면 이렇게 당신을 도와선 안 되는 거였어요. 하지만 그 철칙을 먼저 깬 것은 저쪽이니 제가 끼어든다 하더라도 그분께서 뭐라고 하실 수는 없겠지요."

"뭐? 대체 뭔 헛소리를 하는 것이냐?"

눈살을 찌푸리는 노혈경을 향해 흑련은 냉소를 지었다.

"당신한테 한 말 아니야, 멍청한 노인."

"뭣이 어째?"

"지금 그렇게 기고만장할 수 있는 게 당신 자신의 능력 덕이라고 생각해? 아무것도 모른 채 이용이나 당하는 입장이면서."

"감히 누가 본좌를 이용한단 말이냐? 멍청한 소리를 하는 걸 보니 그 입을 찢어놓아야겠구나!"

"당신은 그럴 수 없어."

"어디 입이 찢긴 다음에도 그리 지껄일 수 있을지 보자!"

노혈경이 흑련을 향해 쌍장을 떨쳤다. 아니, 떨치려고 했다.

그의 의지가 행동으로 고스란히 발현되지 않은 것은 그보다 한발 앞서 흉부를 비집고 들어온 칼날의 영향이었다.

"커헉!"

노혈경이 피를 토했다.

누군가 후방으로부터 그를 감싸는 형태로 팔을 뻗어서는, 역수로 쥔 검의 칼날을 갈빗대 사이로 비집어 넣어서는 단번에 폐부를 꿰뚫어 버렸다.

게다가 그 칼날이 피부를 찢어발기는 순간까지도 노혈경은 살수의 접근을 전혀 눈치챌 수가 없었다. 마치 살수가 어둠 속에서 바로 튀어나오기라도 한 양.

살수는 물론 현월이었다.

"네, 네놈이 어떻게……!?"

피거품을 뱉어내는 와중에 노혈경이 흘린 질문에는 많은 의미가 내포되어 있었다.

대체 어떻게 그 폭발 속에서 살아남았는가, 어떻게 피해 하나 받지 않은 채 나타났는가, 어떻게 감쪽같이 접근해서는 자신에게 일격을 먹였는가.

현월은 그중 어느 의문에도 대답해 줄 생각이 없었다.

"크윽!"

노혈경 또한 일가를 이룬 고수다.

보통 사람이라면 일격에 즉사하고 말았을 타격을 입었지만 그럼에도 손을 움직여 현인검의 검신을 움켜쥐었다.

"이 노옴……!"

노혈경이 검을 뽑아내려 했다. 어린아이, 혹은 노인. 그 어느 쪽이라 하기에도 어울리지 않는 괴력에 현월은 잠시 주춤

했다. 아마도 회광반조라 할 수 있을 현상일 터였다.

하지만 그래 봐야 그 또한 인간일 뿐.

검병을 살짝 비틀어 폐부를 휘저어주니 삽시간에 힘이 풀렸다.

"크으으으윽!"

노혈경은 신음을 토하며 전율했다.

몸속의 감각기관들이 한꺼번에 발광을 벌이는 것만 같은 느낌이었다.

고통도 고통이거니와 폐부가 찢김으로써 호흡이 곤란해지는 것이 더욱 컸다.

노혈경의 얼굴은 어둠 속에서도 완연히 확인이 가능한 푸른빛으로 변색되어 있었다.

현월은 몇 차례 검병을 좌우로 비틀었다. 그것만으로도 노혈경의 흉곽은 엉망진창이 되었다.

암천비류공을 익힌 현월 자신이라면 모를까 이 정도 타격을 입은 이상은 그 어떤 고수라도 버틸 재간이 없었다.

인간을 초월한 괴물이라면 또 모르겠지만 말이다.

"크으으으!"

노혈경의 몸이 털썩 쓰러졌다. 현월은 그 와중에도 집요하게 검을 꽂아 두고 있었다.

"지독한 놈……!"

노혈경이 힘겹게 소리쳤다. 현월은 대답하지 않은 채 그를 내려다봤다.

한차례 피를 왈칵 토한 노혈경이 대자로 드러누웠다.

"네 승리다."

"……."

"하지만 자만하지 않는 것이 좋을 것이다. 강호라는 곳은… 산을 올랐다는 기쁨보다 그 이상 높은 산이 존재한다는 좌절감이 더욱 큰 곳이니……."

"미안하지만."

현월은 노혈경의 말을 잘랐다.

"당신이 내게 조언 따윌 해줄 처지도 아니고 나 또한 당신에게 조언 따윌 들을 생각은 없다."

"흐흐흐. 매정한 놈이로군."

노혈경은 비릿한 웃음을 흘렸다. 하지만 고통과 호흡 곤란 때문인지 그 웃음은 이내 사정없이 구겨졌다.

"좋을 대로… 하여라. 승자는 네놈이니. 한발 먼저 나락으로 떨어져 네놈이 오기를 기다리마."

노혈경의 눈빛에서 생기가 사라졌다. 마지막 장탄식이 길게 이어지고, 그의 몸이 실 풀린 인형처럼 축 늘어졌다.

그러고도 한참이 지난 뒤에야 현월은 현인검을 뽑아냈다.

한밤중의 혈전은 그렇게 종막을 맞았다.

숨죽인 채 지켜보고 있던 흑련이 그제야 안도의 한숨을 토했다.

"겨우 해치웠군요."

"……."

"어쨌든 축하해요. 심령당주 노혈경을 이겼으니 당신의 위명도 단숨에 수직 상승하게 되었네요. 게다가……."

"그런 인사치레보다도 먼저 설명해야 할 게 있지 않아?"

흑련이 입을 다물었다.

"아까 전에 했던 말. 아마도 나를 향한 것이었을 테지?"

"…그래요."

"철칙을 먼저 깬 건 저쪽이라 했지. 그건 중도에 들이닥친 관군과 연관되어 있는 얘기인가?"

"잘 알고 계시네요."

"철칙을 깼다는 게 노혈경의 얘기 같지는 않군. 네가 말했던 대로라면 그는 홀로 이곳까지 온 것일 테니까."

"……."

"그렇다면 철칙을 깼다는 건 역시 금왕인가?"

흑련은 작게 한숨을 쉬었다.

"이제 와서 아니라고 해봐야 소용없겠죠. 그래요."

"금왕이 일부러 관군을 움직였다고? 노혈경을 돕기 위해서?"

"네, 저는 그걸 중도에 알아챘기에 당신을 도우려고 돌아온 거예요."

"……."

현월은 물끄러미 흑련을 바라봤다.

기실 부상 정도를 따진다면 그녀가 현월보다 심할 수밖에 없었다. 현월과 같은 재생력을 지닌 것도 아닌 데다 소림사에서 입었던 내상 또한 완치되지 않은 상태였던 까닭이다.

그런 몸을 이끌고 급히 돌아와 준 그녀다.

옥박을 지르거나 취조하는 것은 못할 짓이란 생각이 들었다.

"금왕이 왜 그런 짓을 했는지 알고는 있고?"

"그렇게 해야 양자 간의 균형이 맞을 거라 생각했던 모양이에요. 다시 말해 노혈경보다도 현월 님을 높게 평가했다는 뜻이죠."

"별로 기분 좋은 얘기는 아닌데."

나직이 투덜거리는 현월이었다. 자칫 죽을 뻔했기에 더더욱 그랬다.

'아직 유설태에겐 접근조차 하지 못한 마당이거늘…….'

현월은 내심 입맛이 썼다.

분명 처음 회귀했던 시점보다 부쩍 강해졌거늘 어째 원래의 목표인 유설태로부터는 조금 더 멀어진 것만 같은 기분이었다.

'하지만…….'

꼭 그렇지만도 않다는 생각도 들었다.

현월의 진정한 적은 유설태 하나만이 아니다.

오히려 그의 뒤에 버티고 있는 혈교라는 거대한 세력 자체가 현월이 제거해야 할 진정한 적이라고 할 수 있었다.

그들 모두를 상대하기 위해선 앞으로 더욱 큰 힘이 필요할 터였다.

그것이 개인의 무위가 되었든 수하나 동지들이 되었든 간에 말이다.

조금 멀리 돌아온 것 같은 지금의 행보도 어떻게든 유설태와 혈교를 향하여 이어져 있을 거란 생각이 들었다.

"그런데……."

현월은 피범벅이 된 주변을 돌아보며 눈살을 찌푸렸다.

"이런 난리통을 만들어놨는데 뒤처리는 어떻게 할 생각인 거지?"

"그건 걱정하실 필요 없어요. 모든 뒤처리는 암류방에서 일괄적으로 처리하고 있으니까요."

"사람이 한둘도 아니고 수백이 죽었어. 게다가 그중 대다수가 관부의 병사들이야. 그런데 세력이 좀 크다고는 해도 일개 무림의 방파에 불과한 암류방이 처리할 수 있다고?"

"물론이에요."

흑련은 흔들림 없는 태도로 대답했다.

"관부의 지배자 역시 암류방과 연이 닿아 있으니까요."

"…그 얘길 들으니 더 기분이 나빠지는데."

그것이 현월의 솔직한 심정이었다.

관부의 높은 사람과 연이 닿아 있다 한들 처리되는 것은 사무적인 문제들로 제한될 터였다. 어찌 됐든 아무리 높은 지위의 인물이라 해도 죽은 이를 살아 돌아오게 하지는 못할 테니까.

망자의 유족들에게 위로금이 주어지기는 할 것이다. 심심한 위로와 형식적인 말들이 오가기도 할 것이다. 하지만 그것은 말 그대로 눈 가리고 아웅 하는 짓에 지나지 않았다.

"어떤 보상을 치르더라도 이들이 개죽음당했다는 사실은 변하지 않아."

"……."

"네겐 미안한 얘기지만 난 금왕이란 자를 신용할 수 없을 것 같다."

흑련의 눈동자가 미세하게 떨렸다.

그녀는 가슴이 아리는 걸 느끼며 오른손을 흉부에 얹었다.

"그렇더라도 금왕께선 눈 하나 깜빡하시지 않을 겁니다."

"지금은 그렇겠지."

"…언젠가는 그분께 송곳니를 들이댈 거란 말인가요?"

"그래, 그럴 가능성이 높다는 건 부정하지 못하겠군."

흑련은 입술을 깨물었다.

"그때는 제가 당신을 막을 겁니다."

"그렇겠지. 넌 금왕의 수족과 다름없으니."

"당신이 해야 할 일은 그분과 척을 지는 게 아니에요. 그분의 도움 없이 혈교의 세력에 대항할 수 있으리라 보나요?"

"그건 아마도 힘들겠지. 지금의 혈교는 나 홀로 대적하기엔 너무나 거대하니까."

"그래요. 그러니까 현월 님은 금왕께 대적하려 들 게 아니라 그분의 협력을 얻어야만 해요."

"지금은 네 말이 옳을 거야. 하지만 달리 말하자면 내가 혈교를 제압하는 순간이 온다면 금왕은 나를 견제하려 들 거라는 뜻이지. 그걸 감안한다면 언젠가는 그자와 맞붙을 수밖에 없어."

"……."

"어쨌든 오늘 일은 고마웠다."

현월은 몸을 돌려 어딘가로 걸어갔다. 흑련은 그를 바로 뒤따르지 못한 채 한동안 정처 없이 서 있었다.

4장

몰려드는 무인들

"흐음."

심자청은 턱을 쓰다듬었다.

"이렇게 되면 어찌 되는 것이오? 보아하니 제삼자가 끼어 든 모양새인데."

"하지만 규칙을 침해한 것은 아니니 결과에 문제를 제기할 수는 없을 것입니다."

금왕은 고저 없는 어조로 대꾸했다.

원래 암류방의 결투는 철저한 일대일을 원칙으로 한다.

하지만 개중에는 소수의 예외들이 존재했는데, 이번 경우도 그러한 예외 중 하나였다.

전장은 여남이며 그 안에서 무슨 일이 벌어지든 문제는 되지 않는다.

그것이 금왕이 처음에 내건 규칙이었으며 이를 위반하는 일은 벌어지지 않았다.

최소한 눈앞에 보이는 바는 그러했다.

"하긴 어차피 손을 먼저 쓴 쪽은 그대이니."

"……."

"어쨌든 모든 게 계획대로 되어 좋겠구려. 좋은 일이오. 나 또한 간만에 괜찮은 원석을 발견한 것 같아 기분이 좋다오."

심자청의 눈매가 호선을 그렸다.

"척주월과 암제. 다음 대결은 그렇게 짜는 것이 어떻소?"

"이제 갓 대결이 끝난 참이니 시간이 필요할 것입니다, 승상."

"뭐, 좋소. 얼마든지 기다릴 수 있는 일이니. 하지만 척주월이 최우선 순위라는 것을 염두에 두셨으면 좋겠소. 설마 금왕께서 나와의 약조를 깨시리라 믿지는 않지만 말이오."

"말할 여부가 있겠습니까?"

"좋소. 그러면……."

심자청은 만족한 눈으로 자리를 떠났다.

그를 제외한 다른 손님들도 대개는 만족한 표정이었다.

노혈경에게 돈을 걸었던 이들이 투덜대기는 했지만 소수에 불과했다.

그들에게 있어 금전 수십 냥 따위는 하루아침에 잃고 딸 수 있는 푼돈일 따름이었다.

모두가 떠난 절벽 위에 금왕이 홀로 남았다.

내내 굳은 표정이던 그의 입가가 슬며시 풀어졌다.

"계획대로 됐는가."

금왕은 알고 있었다. 이번 일전을 목도한 심자청이 어떻게 나올 것인지.

또한 그때 어떻게 반응해야 그의 흥미를 한층 돋울 수 있는지를.

척주월은 기실 금왕이 생각해 두고 있던 최적의 상대였다.

그 실력은 노혈경보다 살짝 뛰어난 수준. 대신 강시귀 조종 등의 잡다한 비술을 익힌 노혈경과 달리 무공 일변도의 강골이란 점이 차이점이었다.

한마디로 본신의 전투력만 따진다면 노혈경을 가볍게 추월한다는 뜻.

아마도 암제 현월에게 있어선 좋은 먹잇감이 될 수 있으리라.

그렇기에 금왕은 대결을 꺼리는 척을 했다. 그래야만 심자청의 구미를 당길 수 있을 테니 당연한 일이었다. 일이 너무

쉬워서야 도리어 흥미를 잃게 될 터였으니 말이다.

"흠, 런아와 현월은 괜찮은지 확인이나 해봐야겠군."

아무래도 멀찍이서 망원경을 통해 구경하는 것만으로는 자세한 정황을 살피기가 애매했다. 그렇다고 너무 가까이 갔다간 전투에 휘말릴 위험이 있었으니 말이다.

금왕이 어렴풋이 확인한 바로는 현월은 노혈경의 강시귀 대폭쇄에도 죽지 않았다. 또한 별다른 타격이 없었던 듯 단일격으로 노혈경을 제압해 버렸다.

'아니, 그건 아닌가.'

그렇다고 하기엔 흑련이 갑작스레 끼어든 것이 설명이 되지 않았다.

애초에 현월이 처음부터 멀쩡했었다면 그녀가 나서지는 않았을 테니까.

'멀리서는 확인하지 못한 뭔가가 있었단 말인가?'

금왕은 암천비류공에 대해 어느 정도 알고 있다.

그러나 그것은 말 그대로 '어느 정도'에 불과하다.

그는 암천비류공이 지닌 진정한 공능에 대해서는 거의 알지 못했다.

상세한 부분들은 아마도 가까이서 현월을 지켜봐 온 흑련이 더 잘 알 터였다.

몸을 날린 금왕은 일각쯤 뒤에 여남의 어귀에 서 있었다.

군이 현검문까지 찾아갈 필요는 없었다. 도시의 어귀에서 현월이 기다리고 있었던 것이다. 마치 금왕이 찾아오리라 예측이라도 했다는 듯.

금왕은 미소를 지었다.

"내가 오리라 예측하고 있었는가?"

"그 관병들."

현월의 목소리는 차가웠다.

"노인장께서 수를 쓴 거요?"

"내가 아니라고 한다면 자네는 어찌할 텐가?"

"노인장이 왜 거짓말을 하고 있는지 유추하려 들겠지."

"내가 그랬을 거란 심증을 굳힌 상태로군. 그래서야 내가 무슨 대답을 한들 의미가 없지 않을까?"

"의미는 있소."

"의미가 있다? 어떤 의미가 있다는 거지?"

"노인장이 나를 상대로 최소한의 신의를 지니고 있는지 파악할 수 있겠지."

"그러니까… 내가 여기서 거짓말을 한다면 내겐 최소한의 신의도 없으리라 생각하겠다는 뜻이로군?"

"정확하오."

금왕은 어깨를 으쓱였다.

"제대로 보았네. 관병들을 총괄하는 관병장에게 귀띔을 해

둔 것은 나였네."

"그로 인해 수백의 무고한 이가 비명횡사했소."

"그랬지."

"그게 옳은 일이라 보는 것이오?"

금왕은 새삼스럽다는 시선으로 현월을 바라봤다.

"자네가 그렇게까지 대단한 협의지심을 지녔다고 생각하진 않았네만."

"무고한 이들의 죽음에 참담함을 느낄 정도는 됩니다."

"세상에 완전히 무고한 자는 없네. 갓 태어난 태아라면 모를까. 아니, 태아조차도 완전히 무고하지는 않지. 그 아이를 잉태한 모친으로부터 아이에게 전해질 영양분들은 다른 생명의 죽음을 통해 생겨난 것이니까 말이야."

"말장난을 하자는 겁니까?"

금왕은 과장된 태도로 한숨을 쉬었다.

"보게. 그들은 여남의 치안을 지키기 위해 징발된 이들이야. 그리고 그 치안 유지는 병사들 개개인의 목숨을 담보로 한 채 이루어지지. 그리고 그들은 자신들에게 주어진 임무를 다하는 과정에서 죽었네. 그건 참담해할 일이 아니라 숭고하다고 여길 일이지."

"노혈경에 의해 개죽음을 당한 게 숭고하단 말이오?"

"노혈경을 축출하려다가 반격을 당해 산화한 것이지. 그게 숭고하지 않다는 말인가?"

"……."

"게다가 어찌 보면 우습기도 하군. 자네 역시 죽음을 통해
여남의 암흑가를 지배하고 있지 않은가? 문제의 싹을 지닌 자
들을 제거하고 암제라는 이름의 공포를 새겨놓음으로써 말이
야."

"난 무고한 이를 해치진 않소."

"그 또한 자기기만이지. 지금껏 자네가 죽인 버러지들 중
하나가 사실은 한 가정의 가장이었고, 그가 벌어들이는 검은
돈 없이는 끼니를 연명하지 못하는 무고한 아이들이 있었을
지도 모르는 일이야. 결과적으로 자네도 간접적으로 무고한
이들을 학살한 셈이 되지 않나?"

"……."

현월은 대꾸하지 않은 채 금왕을 노려봤다. 금왕은 전혀 두
렵지 않다는 태도로 말을 이었다.

"게다가 자네가 내게 분노하는 진정한 이유는 그런 게 아
니란 것도 잘 알고 있다네."

"진정한 이유?"

"그렇네. 자네가 내게 분노하는 건 내가 두렵기 때문이 아
닌가?"

"……."

"내가 언제 자네의 적으로 돌변할지 어떤 변덕을 부려 자네의 세력을 견제하려 할지, 자네는 그것이 두려울 뿐이야. 그렇기에 미리 이빨을 들이밀어 내게 경고를 하려는 것일 테고."

"내가 왜 당신을 두려워한단 말입니까?"

"그건 간단해. 내가 자네를 철저히 파멸시킬 수 있는 능력을 지녔기 때문이지."

금왕의 어조엔 한 치의 흔들림도 없었다.

"무위를 따지자면 나는 자네의 발끝에도 미치지 못하지. 어쩌면 자네는 련아보다도 빼어난 암살자일지 몰라. 마지막에 노혈경을 일수에 제압했던 수법만 봐도 알 수 있는 일이지. 어쩌면 자네는 유독 어둠 속에서 강력한 힘을 발휘하는 것인지도 모르겠군."

"……."

"자네가 날 죽이고자 한다면, 아마 전력을 다한다면 능히 해낼 수 있을지도 모르지. 하지만 나 역시 자네를 나락으로 떨어뜨리고자 한다면 어렵잖게 해낼 수 있네. 자네가 가장 소중하게 여기는 것들을 송두리째 흔들고 뽑아서 부숴 버릴 수 있다는 것이야."

금왕이 말하고자 하는 게 무엇인지 현월은 잘 알고 있었다.

현검문을 비롯한 여남 전체는 금왕이란 존재의 말 한마디면 하루아침에 폐허로 변하게 될 터였다.

이미 그 영향력이 무림강호를 넘어 관부에까지 미치고 있다는 것을 금왕은 어렵잖게 증명해 보였으니까.

"하지만 걱정은 말게."

금왕이 돌연 너털웃음을 터뜨렸다.

"자네는 그렇게 견제하기엔 너무나 조그만 햇병아리니까 말이야."

"…햇병아리라고?"

"거슬리는가? 하지만 나로서는 그렇게밖엔 표현하지 못하겠군. 노혈경이 사파 서열 상위권이라고는 하나 진정한 강자들에 비하면 상당히 떨어지는 편인지라 말이지. 게다가 자네의 목적은 그 개개인과 겨루는 것이 아니기도 하고."

그건 그랬다.

현월의 목적은 어디까지나 혈교를 파괴하는 것이었으니 말이다.

다만 지금은 상황이 조금 복잡하게 변해가고 있다는 게 문제였다.

현월은 적의를 거두었다. 금왕이 지적한 대로 지금의 현월로서는 그의 도움이 필요하면 필요했지 그 반대는 결코 아니었다.

"받게."

금왕이 허리춤의 주머니를 끌러서는 현월에게 던졌다.

"이게 뭡니까?"

"열어 보면 알 것 아닌가?"

주머니 안엔 비취옥과 호박을 비롯한 각종 보옥들이 들어차 있었다.

보석류에 조예가 없는 현월이 봐도 상당한 값어치가 나가리란 것을 능히 짐작할 수 있었다.

"대전료일세. 그 정도면 목숨 값으로는 차고도 넘칠 거라 믿네."

"……."

"챙기게. 괜히 자존심 부리느라 안 받아 봐야 자네만 손해야."

현월은 주머니를 오므리고는 허리춤에 매달았다. 어쨌든 굴러온 호박을 구태여 걷어찰 필요는 없는 것이었다.

"다음 대결은 언제쯤입니까?"

"아직 정해진 것은 없네. 여유가 꽤나 있을 테니 너무 초조해하진 말게."

"되도록 혈교와 관련된 무인을 상대할 수 있었으면 좋겠습니다만."

"가능하면 자네가 바라는 방향으로 성사되게끔 노력해 보지. 하지만 꼭 그렇게 되리란 법은 없으니 너무 큰 기대를 가지진 말게."

"알겠습니다."

*　　　*　　　*

이튿날의 여남은 발칵 뒤집힌 상태였다.

밤새 일어난 혈겁으로 인해 관병 수백이 죽음을 맞았다.

여남의 거리 또한 일부분 파괴되었고 밤새 지속된 전투의 굉음 속에 신민들은 벌벌 떨어야 했다.

물론 그 혐의는 대부분 암제에게 쏠린 상태였다.

그가 아니고서야 이런 전투를 벌일 만한 자가 없었던 것이다.

헌검문을 비롯한 백도 문파들 또한 크나큰 비난에 직면했다.

그럴 만도 한 게 사람들이 공포에 떠는 동안 그들은 코빼기도 비치지 않았던 것이다.

하지만 백도 문파들로서도 변명할 거리는 존재했다. 바로 밤중의 혈겁이 있기 사흘 전에 관부로부터 날아든 한 장의 공문이었다.

사흘 후 야밤중에 여남 시내에서 훈련이 있을 예정이니 각 방파들은 다소간의 소란이 일더라도 경거망동하지 말 것.

태수(太守)의 직인(職印)이 찍혀 있는 공문이었고 무림방파이기 이전에 국가의 신민인 백도 문파의 문주들로서는 가벼이 무시할 수 있는 성질의 이야기가 결코 아니었다.

때문에 그들은 들려오는 굉음 속에서도 자리를 지켜야 했다.

물론 개중엔 정말 겁에 질려 바깥으로 나갈 엄두조차 못 낸 이들도 상당수였지만.

"암제라는 자의 악명이 나날이 높아만 가는구나."

현검문주 현무량의 한숨이 길게 늘어졌다. 그것을 곁에서 지켜보는 현월은 내심 쓴웃음을 머금었다.

"소자가 그자와 담판을 지어보겠습니다."

"아서라, 간밤에 일어난 혈겁을 보니 그자의 실력이 보통은 아닌 듯하다. 아무래도 암제의 토벌을 위해 무림맹에 손을 벌려야 하지 않을까 싶구나."

"그건 좀 상황의 추이를 지켜볼 필요가 있을 것 같습니다. 어쨌든 간밤의 일이 암제와 관련되어 있다는 물증은 나오지 않은 상태니까요."

"흐음, 네 말도 일리는 있구나."

어느새 현월을 그 누구보다 신뢰하게 된 현무량이었다. 처음 현월이 돌아왔을 때 보였던 차가운 모습들을 생각하면 실로 감개무량한 일이었다.

"그래도 암월방이라 불리는 암제 휘하의 세력이 요사이 급성장하게 된 것은 사실인 듯하구나. 어떤 식으로든 손을 써야 할 것 같다."

"아버지, 그들은 여남의 그림자입니다. 빛이 있는 한 그림자는 사라지지 않습니다. 사라지지 않는 그림자를 억지로 없애려는 것이 능사는 아닐 듯합니다."

"그럼 네게 좋은 생각이 있더냐?"

현월은 내심 심호흡을 했다.

"앞서 말씀드렸다시피 저들의 우두머리인 암제와 담판을 짓고 싶습니다."

"네가 직접 말이냐?"

"예."

현무량의 미간이 좁혀졌다.

"하지만… 위험하지 않겠느냐?"

"저도 약골은 아니니 너무 걱정하지 않으셔도 됩니다. 제 몸쯤은 건사할 수 있습니다."

"물론 네 실력을 의심하는 바는 아니다. 이미 나와 네 어미 앞에서 몇 번이고 증명해 보였으니 말이다. 하지만 암제, 그 자는……."

"위험하지요. 그래도 현검문의 장자를 무시할 수는 없을 겁니다. 제가 무시하지 못하도록 만들 테니까요."

"월아⋯⋯."

현무량은 복잡한 심경이 담긴 얼굴로 현월을 바라봤다.

생각해 보면 그는 현월에게 아버지로서의 애정을 많이 베풀지 못한 입장이었다.

현월은 지금껏 눈 밖에 내놓은 자식이나 다름없었다. 무인으로서의 자질은 둘째인 현유린이 훨씬 뛰어난 편이었고 현월의 성격 또한 유약하고 우유부단한 편이었기 때문이다.

대를 이어야 할 장남의 그런 약한 모습이 항상 보기 괴로웠던 현무량이었다.

때문에 현월을 어떻게든 강하게 만들고자 무림맹으로 보내 단련시키려 했었다.

한데 현월은 얼마 지나지 않아 그냥 돌아왔다.

처음엔 그저 겁을 집어먹고 포기한 줄 알았지만⋯

'그 뒤로 모든 것이 바뀌었지.'

궁금했다. 현월이 어디서 대체 그런 무공들을 익힌 것인지.

흔히들 얘기하는, 깊은 산골의 기암절벽 아래에 존재한다는 천고의 약재와 비급 등을 손에 넣기라도 한 것일까?

혹은 그에 준하는 기연이라도 맞닥뜨린 것일까?

무엇이 진실인지는 알 수 없었다.

몇 차례 넌지시 질문해 보았지만 현월의 대답은 한결같았으니까.

　죄송하지만 그것만은 가르쳐 드리기 어렵습니다. 이해해 주십
시오.

　처음엔 약간이지만 야속하기도 했다. 하나뿐인 아버지에
게 비밀조차 털어놓을 수 없다니.

　그러나 현무량은 이내 그렇게 생각했던 자기 자신을 책망
했다.

　'나는 그런 말을 할 자격을 갖춘 아비였던가?'

　스스로에게 그렇게 자문해 보았다.

　그리고 깨달았다. 자신은 그런 말을 할 자격이 없다는 것
을.

　그 이후부터였을 것이다. 현무량 또한 심경의 변화를 겪은
것이.

　이제 그는 최대한 현월을 이해해 주는 입장이 되어 있었다.

　그리고 그것은 이번 또한 마찬가지였다.

　"그럼 네게 맡기마, 월아."

＊　　　＊　　　＊

현월이 문주실을 빠져나오니 익숙한 목소리가 맞았다.

"대단한 계획이군요. 자기 자신과 담판을 짓는 계획이라니."

유화란이었다.

그녀의 얼굴엔 장난기가 어려 있었는데, 아무래도 부자간의 대화를 엿듣기라도 한 모양이었다.

"첩자나 뭐 그런 걸로 직종 변경이라도 한 겁니까?"

"그냥 지나가다 언뜻 들은 것뿐이에요. 이상한 오해는 하지 말아줬으면 좋겠네요."

그렇다면 그런 거겠지. 현월은 대수롭지 않게 생각했다. 어차피 알려져서 문제가 될 상대도 아니었으니까.

"그런데 무슨 일입니까? 날 기다리고 있었던 것 같은데."

"현검문 장자인 현월 소협에 대한 용건은 아니에요."

유화란이 손짓을 했다. 그 의미를 파악한 현월은 그녀를 따라 인적이 드문 곳으로 갔다.

"그럼 암월방의 암제로서 듣도록 하죠."

어깨를 으쓱인 유화란이 말했다.

"알고 있어요? 지금 하남성 곳곳에서 무인들이 여남으로 몰려들고 있는 거."

"무인들이? 왜 그런답니까?"

"간단해요. 암제의 위명에 홀려서 몰려드는 거죠."

몰려드는 무인들은 대개가 흑도의 무인들이었는데 그들은 크게 두 부류로 나뉘었다.

하나는 암제를 꺾고자 하는 이들.

그를 해치움으로써 유명세와 악명 모두를 쟁취하겠다는 자들이었다.

다른 하나는 암제에게 매료된 자들.

노혈경과의 대결에 대해선 암류방을 통해 암흑가 곳곳으로 흘러들어 간 상태.

이미 암제라는 이름은 흑도 서열 이십 위권에 안착한 뒤였다.

단숨에 수십 계단을 뛰어오른 것이니 실로 이례적이라 할 수 있는 수준이었다.

"게다가 소림사에서 난리통을 벌인 것도 알려질 대로 알려진 모양이에요. 덕분에 현재 당신의 인기는 상상을 초월할 정도죠."

"그다지 좋은 얘기는 아닌 것 같은데요."

"그렇다고 아주 나쁜 얘기도 아니죠. 사람이 몰려든다는 건 인재가 몰린다는 얘기이기도 하니."

"글쎄요."

현월은 부정적인 반응을 보였다.

그럴 수밖에 없는 게 제대로 된 인재를 골라낸다는 것이 하늘의 별 따기와 같다는 것을 잘 알고 있는 까닭이었다.

'뭐, 그거야 제갈윤에게 맡기면 될 일이려나.'

금왕에게서 받은 대전료는 고스란히 제갈윤에게 넘겨주었다.

자금으로 쓰라고 가져다주니 입이 쩍 벌어지는 표정을 지었었는데, 지금은 다른 의미로 입을 벌리고 있지 않을까 싶었다.

"하여간 당분간 여남의 치안 상태는 엉망일 거예요. 관부가 입은 피해도 크거니와 암제라는 이름에 꼬여서 몰려든 이들이 난리통을 피워댈 테니까요."

현월은 고개를 끄덕였다.

"치안 관리를 한층 철저히 해야겠군."

5장

마신, 여남으로

현월은 거기서 대화를 끝내려 했다.

하지만 유화란에겐 아직 할 말이 더 남아 있는 듯했다.

"아, 그리고 있잖아요."

"뭡니까?"

"그게⋯⋯."

잠시 주저하던 유화란이 말했다.

"예전에 알고 지내던 동생이 한 명 있어요. 어릴 적부터 친자매처럼 지내왔던 아이인데 지금은 무림맹에 속해 있어요."

"무림맹에⋯⋯?"

잠시 의문을 느낀 현월이었으나 이내 납득했다. 애초에 유화란은 표국의 딸. 가세가 기울어 흑도 무림에 발을 담근 것이니 원래부터 이쪽의 사람이라 하기는 어려웠다.

"그 아이한테서 아주 오랜만에 편지가 왔어요. 거기에 답신을 보냈던 게 얼마 전 일인데. 하여간 그동안 제법 여러 차례 서신을 주거니 받거니 했거든요."

"그렇군요."

"그런데 그 아이가 오랜만에 휴가가 나서 여남을 방문하고 싶다는 거예요."

"그렇군요."

'그런데요?' 가 생략되어 있는 대꾸였다.

유화란은 잠시 주저하다가 어렵사리 말을 꺼냈다.

"그 아이는 제가 어떻게 지내왔는지 잘 모르거든요. 음, 그러니까……."

"신분 위장을 하게 도와달라는 겁니까?"

"네."

딱히 어려울 것은 없는 얘기였다.

현검문의 외당 무인이라고 적당히 둘러대면 될 일이었으니까.

"그런 거라면 굳이 내게 말할 필요도 없을 텐데요. 아버지나 유린에게 말하더라도 흔쾌히 허락해 줄 텐데."

"아무래도 그분들은 좀 껄끄러워서……."

하긴 그럴 만도 하겠다 싶었다. 현무량은 원체 완고한 성격이고 현유린 또한 유화란에게 완전히 마음을 열진 않은 상태였으니까.

현월은 고개를 끄덕였다.

"알겠습니다. 다른 사람들에게도 말해두죠."

유화란의 표정이 그제야 밝아졌다.

"고마워요, 현 소협."

"그런데 그 동생이라는 처자. 무림맹에서 요직에 있는 인물입니까?"

"네? 아, 아뇨. 그렇지는 않을 거예요. 아마 소속된 곳의 이름이… 무슨 관이었는데… 뭐였더라?"

*　　　*　　　*

"무사관주님."

천유신은 슬쩍 한쪽 눈을 떴다.

"나, 잘 거야. 오늘은 무슨 일이 있어도 안 일어날 테다."

"그러세요. 안 깨울 테니 실컷 주무세요."

"…평소랑 다른 반응인데. 아니, 그러기 전에 일단은 지금 깨우고 있잖아?"

"보고는 들으셔야 할 것 아니에요."

"보고?"

천유신은 두 눈을 모두 떴다.

그제야 임수향의 복색이 평소와 다르다는 것을 알 수 있었다.

평소의 우중충한 빛깔의 문사의가 아니었다.

제법 꽃단장을 한 채 알록달록한 예복을 입고 있는 그녀였다.

"…웬 치장을 그렇게 했대?"

"헤헤."

천유신의 시선을 느낀 그녀가 샐쭉 웃었다. 그 화사한 미소 앞에서 천유신의 입이 슬쩍 열렸다.

"…어디 팔려가?"

"어휴! 무슨 말씀을 하시는 거예요."

"그것도 아닌데 왜 꽃단장을 했어?"

"저번에 말씀드릴 때 뭐 들으셨어요? 오늘부터 한 달 동안 휴가라고 말씀드렸잖아요."

"휴가?"

임수향이 종이를 달랑 내밀었다. 서책부장의 날인이 찍혀 있는 휴가증이었다. 그제야 천유신은 상황이 이해되는 기분이었다.

"그러니까 네가. 휴가를. 간다고?"

"예."

임수향이 빙그레 미소를 지었다. 평소의 깐깐하기만 한 그녀와는 전혀 달랐다. 이건 정말 마음으로부터 우러난 기쁨의 미소였다.

어찌 보면 승리의 미소이기도 했다. 너는 여기에 처박혀 있으렴, 나는 갈 테니.

반면 천유신은 발등에 불이 떨어진 기분이었다.

"너 없으면 무사관은 어떻게 하라고?"

"안 그래도 그것 때문에 부장님과 얘기를 나눴어요. 그래서 무사관은 한 달 동안 폐쇄해 두기로 했어요."

"멀쩡한 곳을 폐쇄한다고?"

"어차피 찾아오는 사람도 없잖아요? 제가 없는 동안은 관리할 사람도 없을 테고요."

"그럼 나는 어쩌라고?"

"관주님이야 항상 늘어져라 잠만 주무시는데 뭐가 문제예요? 잔소리할 사람도 없으니 마음껏 주무시면 되겠네요."

"잠만 자다가 굶어 죽으라고?"

"굶어 죽기 싫으면 일어나서 밥을 찾아 드시면 되잖아요?"

딱 잘라 말한 임수향이 콧노래를 흥얼거렸다.

"어쨌든 잘 계세요. 한 달 뒤에 뵈어요. 그럼 저는 이만."

"자, 잠깐!"

천유신은 헐레벌떡 일어나서는 입가의 침을 문질러 닦았다.

'이건 유설태 놈의 작당인가?'

그렇게 생각하니 부아가 치밀었지만 사실 임수향의 말마따나 그녀는 오래전부터 휴가를 간다고 얘기해 왔다.

그리고 그건 유설태가 갑작스레 내방했던 것 이전의 일이었다.

'그래, 확실히 그랬지.'

유설태와는 관련이 없는 문제.

결국 천유신은 특유의 게으름 때문에 지금껏 멍하니 있었던 것뿐이었다.

"휴가는 어디로 가는데?"

"여남이요. 아는 언니가 그곳에 살거든요. 어릴 적부터 친하게 지냈었는데 못 보고 지낸 지 꽤나 오래됐어요. 그래서 이번 휴가 때 회포를 풀려고요."

"흐음."

하남성 여남.

별반 위험한 곳은 아니다.

그리고 그건 중원 어느 곳을 가져다 놓아도 다를 것 없는 얘기였다.

천유신에게는 말이다.

'까짓 거 그냥 놀러 가게 둬?'

생각해 보면 천유신이 임수향을 그렇게까지 걱정할 필요는 없었다.

유설태에게도 단단히 경고를 해뒀으니 감히 그녀를 건들려 들지는 않을 터였다.

하지만 이 세상은 굳이 유설태가 아니더라도 사람 귀찮게 하는 놈들이 널린 곳이었다.

'따라가 봐야 하나.'

그렇게 고민하는 사이 이미 임수향은 무사관의 문턱을 넘어선 뒤였다.

"문은 잠가둘게요. 그럼 한 달 뒤에 뵈어요."

"자, 잠깐!"

대답 대신 덜컹 하는 소리가 들려왔다. 문이 닫힌 무사관에 정적만이 감돌았다.

찰칵 자물쇠가 걸리고 몸을 돌려 걸어가는 소리가 들려왔다.

평소의 천유신이 그렇게나 바라 마지않던 완벽한 고요가 그 누구도 간섭하지 않으리란 조건하에 찾아온 것이었다.

하지만 만족스럽지는 않았다. 애초에 천유신의 게으름이란 누군가의 잔소리 아래에서만 의미를 지니는 것이었으니까.

그리고 그 누군가는 한 달 동안 떠나 있겠단다.

"끄응."

다음 순간 천유신은 무사관의 바깥에 서 있었다. 문은커녕 자물쇠조차 개방되지 않은 상태.

그는 굳건히 닫힌 문을 열지도 않은 채 통과하는 절예를 펼친 뒤였다.

이곳을 제 발로 빠져나온 것이 얼마 만인지 실감이 나질 않았다.

"너 없으면 누구더러 내 밥을 하라고?"

천유신은 그곳에 없는 임수향을 향해 투덜거렸다.

"유설태더러 휴가증 내달라고 해야겠네."

*　　　*　　　*

"…그래서 찾아오셨단 말씀입니까?"

"응, 그래, 불만이라도 있냐?"

"그럴 리가 있겠습니까."

유설태가 순순히 고개를 조아렸다.

무척 순종적인 태도였지만 천유신은 도리어 기분이 나빠졌다.

"쓸데없는 가식은 됐고 휴가증이나 내놔."

"휴가증 따위 없이 그냥 홀쩍 떠나서도 문제 삼을 자가 없지 않습니까?"

"휴가증 없으면 부장님이 떽떽거려. 그 녀석도 이상하게 생각할 테고."

유설태는 잠시 할 말을 잃었다. 천유신이 말하는 부장님이란 무림맹 서각 내의 서책부장을 말하는 것일 텐데 그의 직위는 유설태에 비하면 한참 아래의 말단에 불과했다.

한데 유설태에겐 반말 찍찍 내뱉는 천유신이 서책부장은 부장님이라며 깎듯이 지칭하는 것이었다.

유설태로서는 참으로 어처구니없는 일이 아닐 수 없었다.

물론 그런 황당함에 대하여 입 밖으로 내진 않았다. 내는 순간 무슨 일이 벌어질지는 묻지 않아도 알 수 있는 일이었기에.

"휴가증을 바로 작성해 드리겠습니다."

유설태는 더 고민하지 않고 말했다. 군사의 일에 휴가증 작성 따위가 있을 리 만무하지만 그것에 대해서도 입 밖에 내진 않았다.

곧 문서 하나가 작성되었다.

군사의 직인이 찍힌 것을 확인한 천유신이 그제야 조금 민망한 듯 중얼거렸다.

"갑자기 찾아와서 놀랐겠군."

"괜찮습니다. 마신께서 흡족하시다면야 저야 더 바랄 게 없습니다."

"그렇게 부르지 말라니까."

"죄송합니다."

"됐어. 어쨌든 이 빚은 갚도록 하지."

천겹마신 화무백은 한 입으로 두 말을 하지 않는다. 그가 빚을 갚겠다고 했다면 반드시 그렇게 될 것임이 분명했다.

다만 문제가 있다면 그게 전적으로 화무백의 마음에 달렸단 점이었다.

'결국은 제멋대로라는 거지.'

그렇더라도 없는 것보단 낫다.

다른 이도 아니고 천하제일에 가장 가까운 존재가 내뱉는 약속이었으니 말이다.

그때 주변을 두리번거리던 천유신의 눈에 뭔가가 들어왔다.

"저거면 되겠군."

"예?"

"저거, 저 꼬마 숙녀 말이야."

유설태의 시선이 그 뒤를 좇았다. 천유신이 바라본 게 시종인 미우라는 것을 깨달은 유설태는 하마터면 환호성을 지를 뻔했다.

"저 애, 그냥 데려다 놓은 시종은 아니겠지?"

"그렇습니다."

"그럼 그렇지. 음흉한 네놈이 어린애가 좋아서 저런 핏덩이를 시종으로 쓰는 건 아닐 테니까."

"……."

"뭘 가르쳤냐? 아니, 대답하지 않아도 알겠다. 암천비류공이지?"

"그렇습니다."

"하지만 진전은 그다지 없는 것 같군. 아무래도 체질의 문제인 것 같은데."

유설태는 자기도 모르게 고개를 끄덕였다.

실제로 미우를 가르치는 과정에서 난항을 겪고 있던 차였다.

그것이 체질과 관련된 문제라는 것도 잘 알고 있었으나 마땅히 해결할 방법이 없어 전전긍긍하고 있던 유설태였다.

사람의 체질이란 쉽게 변할 수 없는 것이니 말이다.

그렇다고 포기할 수도 없었다.

다른 아이들의 경우엔 선천적인 체질 차이부터가 너무나 심해 차마 암천비류공을 전수할 엄두조차 낼 수 없었으니까.

수천 명의 아이 중에 고르고 골라서 겨우 찾아낸 아이가 미우였다.

그런 그녀마저 체질 문제를 겪고 있다는 게 기가 막힌 일이었지만 기실 다른 아이들이었다면 벌써 주화입마에 빠졌을 터였다.

"해결해 주지."

천유신의 목소리엔 별다른 감흥이 없었다.

하나 그렇다 하여 유설태가 받은 충격이 완화되는 것은 아니었다.

"저, 정말이십니까?"

"그래, 그렇다고 너무 좋아할 것 없어. 완전히 개화하려면 족히 십 년은 필요로 할 테니까. 뭐, 최대한 단축한다면 그 절반으로 줄이는 것도 가능하긴 하겠지만."

천유신이 훌쩍 자리에서 일어났다.

"이걸로 우리 사이의 빚은 없는 거다."

"무, 물론입니다."

유설태가 황급히 대답했다.

이렇게 되면 빚이 공제되는 게 아니라 오히려 그가 천유신, 천겁마신 화무백에게 빚을 지는 것이라 봐도 좋았다.

물론 천유신도 그 사실을 잘 알고 있었다.

"그러니 앞으로는 무슨 일이 있더라도 내가 거슬려 할 일은 하지 마. 그땐 혈교도로서의 의리고 뭐고 없을 테니까."

"…명심하겠습니다."

천유신은 유설태를 일별하고는 미우에게 다가갔다.

"이봐, 꼬마야."

미우가 천유신을 돌아봤다.

"누구신가요?"

"나? 나는 의원이지."

"정말 의원이세요?"

"응, 그래서 그런가 네 가슴이 답답하다는 게 딱 보이는구나."

소녀, 미우는 놀란 표정을 지었다.

"정말 족집게시네요!"

"그렇지? 내가 생각해도 난 정말 천고의 기재인 것 같단 말이지."

"잘난 척이 심한 게 흠이시군요."

"꼬마야, 정말 잘난 사람이 잘난 척하는 건 잘난 척이라고 부르는 게 아냐."

"그럼 뭐라고 부르는데요?"

잠시 생각하던 천유신은 미간을 팍 구겼다.

"그건 나도 잘 모르겠다."

"피이, 그게 뭐예요. 오빠, 사실은 의원이 아니라 돌팔이 아니에요?"

"거 당돌한 꼬말세. 이리 와서 귀신도 놀라고 갈 내 의술에 감탄이나 해라."

천유신이 손짓하자 미우가 유설태 쪽으로 시선을 돌렸다.

유설태는 고개를 끄덕여 보였다.

"군사님이 믿으라 하시는 걸 보니 믿을 만한가 보네요, 오빠."

"당연하지. 어쨌든 이리로 와서 등 좀 보여봐."

미우는 천유신이 시키는 대로 했다. 천유신은 그녀의 등짝에 손을 얹고는 나직이 말했다.

"좀 아플 거다."

"아픈 건 싫은데……."

"큰일에는 고난과 시련이 따르는 법이지."

미우는 심호흡을 크게 하고는 말했다.

"준비됐어요."

"그래."

천유신의 두 눈이 순간 귀기를 토했다.

*   *   *

"……."

유설태는 조금 전까지 눈앞에서 펼쳐진 일에 대해 뭐라고 말해야 할지 가늠할 수 없었다.

가만 보아선 천유신이 미우를 괴롭히는 모습과 다름이 없었다. 천유신은 그녀의 양쪽 관자놀이에 손끝을 꽂아넣었고 다음 순간 그녀는 위로 번쩍 들린 채 비명을 토하며 경련했다.

"꺄아아아아아악!"

지켜보는 유설태의 모골이 송연해지는 비명 소리였다. 단순히 육체의 고통만이 표출된 것이 아닌 마치 영혼이 함께 절규하는 듯한 소리였다.

그 짧막한 시간이 지나고 미우의 자그만 몸은 축 늘어졌다. 유설태는 천유신이 그녀를 죽인 것은 아닌지 마른침을 삼켜야 했다.

정작 천유신은 홀가분하다는 표정으로 그녀를 방 안의 침상에 누이고 있었다.

"내단 몇 개 준비해서 깨어나는 대로 먹여. 신체와 단전이 폭발적으로 성장하게 될 테니 그 기력을 충당시켜야 할 거다."

"…예."

유설태는 간신히 대답할 수 있었다. 마음속으로는 '제대로 된 게 맞느냐'는 질문을 꺼내고픈 자신을 애써 억눌렀다.

천유신이 그를 돌아보고는 피식 웃었다.

"안 믿기는 모양이지. 너, 많이 컸다?"

"그럴… 리가 있겠습니까?"

"대답이 늦는데."

"아, 아닙니다!"

황급히 대답하느라 언성이 높아진 유설태였다. 뒤늦게 아차 싶었지만 다행히 천유신은 별달리 문제 삼지 않으려는 모양이었다.

"어쨌든 난 이만 가보련다. 이제 다시 얽힐 일은 없을 테지. 정파를 전복시키든 혈교를 득세시키든 알아서 하라고."

"마신이시여……."

"또 그렇게 부르면 혀 뽑아버린다."

움찔 놀란 유설태가 급히 고개를 조아렸다.

"죄송합니다."

"됐어. 반응이 그래서야, 원. 농담도 못 하겠군."

"……."

걸음을 떼려던 천유신이 문득 유설태를 돌아봤다.

"아, 그런데 말이지."

"말씀하십시오."

"여남이 여기서 남동쪽에 있는 곳 맞지?"

유설태의 입이 저절로 벌어졌다.

"…여남으로 가시려는 것입니까?"

"응, 왜, 가면 안 돼?"

"그, 그런 것은 아닙니다."

대답을 내뱉으면서도 자연히 머릿속이 복잡해지는 유설태였다. 대체 천겁마신 화무백은 왜 이제 와서 여남으로 향하려는 것일까?

천유신이 재촉했다.

"여남이 여기서 남동쪽 맞냐니까."

"예, 예, 맞습니다. 동쪽으로 조금 더 치우친 남동쪽 방향입니다."

"흠, 그래, 알겠다."

천유신이 정말 볼일 끝났다는 듯 몸을 돌렸다. 다음 순간 그는 처음부터 없었던 것처럼 자취를 감추어 버렸다.

"후우우우."

유설태는 무거운 한숨을 토했다. 천유신이 왔다 간 것은 일각조차 되지 않았지만 유설태로선 수명이 일 년은 깎여 나간 듯한 기분이 들었다.

'한데 마신은 왜 여남으로 가려는 것이지?'

여남 하면 떠오르는 것은 역시 암제였다. 그리고 천겁마신 화무백은 유설태에게 암천비류공을 전달해 준 장본인이기도 했다.

'설마 암제, 그놈에게 용건이 있는 것인가?'

최대한 희망적으로 추측해 보자면 화무백이 암제를 제거

하고자 마음먹은 것인지도 몰랐다. 하지만 다시 생각해 보니 그럴 가능성은 그리 높지 않을 거란 생각이 들었다.

'최악의 경우엔 손을 잡게 될지도.'

하지만 그 역시 가능성이 높다고 보기는 어려웠다. 무엇보다 화무백은 이미 무림의 대소사에 아무런 감흥이나 미련을 가지고 있지 않았다.

"어찌 됐든 주의할 필요는 있어 보이는데……."

그러나 어설프게 사람을 파견했다간 화무백의 신경을 긁게 될지도 모른다. 그 경우 닥치게 될 문제는 암제 따위는 상대도 안 되는 수준일 터였다.

"깊이 관여하지 않는 것이 답인가."

씁쓸히 중얼거리는 유설태였다.

6장

성장의 필요성

'무사관.'

현월은 내심 중얼거렸다.

생각해 보면 거의 기억에 없는 이름이었다. 무림맹은 워낙 방대한 규모를 자랑하는 데다 현월과는 접점이 없을 수밖에 없는 부서였던 까닭이다.

그래도 대략적인 정보는 알고 있었다.

역대 무림의 역사서들을 모아 놓은 곳이라는 것.

물론 무림인들 대다수가 그렇듯 어지간히 나이가 든 곰팡 내 나는 노인들이 아니고서야 관심도 갖지 않을 곳이었다.

유화란의 의자매는 그런 곳에서 근무를 한다고 했다.

'말단 중의 말단이라는 건가.'

거기까지 생각한 현월은 관심을 끊었다. 어쨌든 현검문 식구들에게 얘기를 잘해뒀으니 문제는 생기지 않을 터.

그렇다면 그 이상 오지랖 넓게 굴 필요는 없는 것이었다.

당장 산적한 문제들을 처리하는 데만으로도 골치는 충분히 아팠다.

현월은 암월방의 장원으로 들어섰다.

여남의 뒷골목을 지배하는 곳의 장원이라기엔 너무나 고즈넉한 곳이었다.

수하라 할 만한 무리 자체가 거의 없는 데다 넓기는 더럽게 넓다는 게 그런 분위기를 자아내게 하는 일등 공신이었다.

"오셨습니까."

현월을 알아본 몇몇이 허리를 숙였다. 그들은 바로 하오문에서 내준 일손들. 궁사독을 위시로 한 하오문도들이었다.

진짜 수하라 할 만한 자들은 아닌 것이다.

"왜 그러십니까?"

현월이 물끄러미 바라보자 궁사독이 먼저 물었다. 아무래도 그의 시선이 부담스러운 모양이었다.

"아니, 아무것도 아냐. 하던 일 마저 해."

"예."

목례를 한 하오문도들이 흩어졌다. 그 모습을 보자니 자기도 모르게 한숨이 나왔다.

'내 무리라 할 만한 사람은 극소수로군.'

기껏해야 제갈윤과 유화란, 그리고 서아현 정도일까. 흑련 또한 원래는 금왕의 수족이니 현월의 무리라 일컫기엔 부족했고 담예소는 너무 어렸다.

'그리고 현검문은⋯⋯.'

어디까지나 현검문일 뿐.

그들만큼은 자신의 행보에 끌어들이고 싶지 않다는 게 현월의 솔직한 심정이었다.

가족들을 끌고 들어가기엔 자신이 서 있는 길이 너무나 험난했으니까.

'작구나.'

현월은 새삼 자신의 입지를 실감했다.

수만의 맹도를 거느린 것으로 추산되는 혈교에 못 미치는 건 물론이고 어지간한 시골 방파만도 못한 규모였다.

물론 전투력이란 게 꼭 숫자에서 나오는 것은 아니다. 그래도 규모를 키울 필요는 있었다.

아무리 잘난 사람이라 해봐야 몸뚱이는 하나뿐인 법이었으니까.

'대책을 강구해 봐야겠군.'

현월은 본당 안으로 들어갔다.

한적한 내부를 한참 걸어 들어가 회의실에 다다랐다. 사실 말이 좋아 회의실이지 엄밀히 말해 제갈윤의 개인실로 쓰이고 있는 방이었다.

드르륵 문을 여니 제갈윤이 화들짝 놀라는 게 보였다. 탁상 위에는 가지각색의 보옥들이 굴러다니고 있었다. 그걸 가지고 희희낙락하다가 문이 열리니 대경실색을 한 것이었다.

"오, 오셨습니까?"

"응, 그런데……."

현월의 시선이 제갈윤의 옷섶으로 향했다.

옷섶 사이로 살짝 비어져 나온 비취옥이 반짝이고 있었다.

"챙기고 싶으면 몇 개 챙겨."

"그, 그럴 리가 있겠습니까? 이건 암제님께서 주신 소중한 군자금인데요."

"몇 개 가져간다고 뭐라 하지 않을 테니까 챙기랄 때 챙겨."

"아닙니다. 제가 설마 이런 것에 욕심을 낼 녀석으로 보이십니까?"

"솔직히 말해도 되나?"

"…요거 하나만 가지겠습니다."

현월은 그러라는 뜻으로 어깨를 으쓱여 보였다.

"한데 무슨 일이십니까?"

"왜 무슨 일이 있어서 찾아왔다고 생각하지?"

"암제님께서 아무 일도 없이 찾아오신 적은 없었으니까요."

"그랬던가?"

아무렴 어떨까. 현월은 본론을 꺼내기로 했다.

"회담 제의가 들어왔어."

"회담이라니요? 우리 암월방에 말입니까?"

"그래."

"회담 제의를 암제님께 직접 청한 자가 있단 말씀입니까?"

"그렇다니까."

제갈윤의 얼굴이 순간 경직되었다. 긴장감이 잔뜩 어린 모습에 현월은 피식 웃음이 나왔다.

"금왕이로군요. 그가 암제님께 뭔가를 제안한 겁니까?"

"틀렸어."

현월의 대답에 제갈윤이 움찔했다.

"금왕이 아니라면 누구랍니까?"

"현검문."

"예에?"

현월은 현무량과 나누었던 대화를 풀어놓았다. 처음엔 모르겠다는 표정이던 제갈윤도 이내 이해했다.

"무슨 말씀을 하시려는지 이해했습니다. 그러니까 암월방에서도 현검문이 납득할 수 있는 대안을 내놓아야겠군요. 서로의 밥그릇은 건드릴 생각 맙시다, 대강 그런 내용의 서신을 보내면 되겠네요."

"최대한 예의와 격식을 갖춰서 작성해. 아버지께선 그런 걸 중히 여기시는 분이니까."

"예의와 격식 하면 저 아니겠습니까? 맡겨만 주십시오."

"…그렇게 말하니까 더 걱정이 되는데."

"하하……."

어색하게 웃는 제갈윤이었다.

"아, 그리고 용건이 하나 더 있어. 유 소저한테서 들은 얘기인데……."

"여남으로 몰려드는 무림인들 말씀이지요? 걱정하지 마십시오. 제가 나서서 확실하게 인재를 골라내겠습니다."

"그렇게 말하니까 정말 걱정이 되는데."

"하오문도들의 도움을 받으면 어중이떠중이쯤이야 어렵잖게 솎아낼 수 있지요. 문제가 될 법한 작자들이나 죽자고 달려드는 멍청이들은 혹련 소저의 도움을 받으면 처리할 수 있습니다."

"얘기가 나와서 말인데 혹련의 상태는 좀 어때?"

"저야 의원이 아니니 자세히 말씀드리긴 애매합니다만… 의원의 말로는 며칠 내로 훌훌 털고 일어날 수 있을 거랍니다."

"그래?"

다행한 일이었다. 무의식적으로 그렇게 생각하는 현월이었으나 조금 더 생각해 보니 암월방의 현실이 드러난 것 같아 씁쓸해졌다.

전투력이 현월과 흑련, 두 사람에게만 편중되어 있는 것이 암월방의 현재였다.

그렇다 보니 둘 중 한 명만 부재중이어도 심각한 전력 저하가 일어날 수밖에 없었다.

게다가 엄밀히 말하면 흑련은 암월방의 전력이라 할 수도 없다. 금왕의 한마디에 언제든 떠나갈 수 있었기 때문이다.

냉정히 따졌을 때 현 암월방의 전력은 현월이 처음 만들었던 시기에 비해 크게 나아진 게 없었다.

'결국 내가 강해지는 수밖에 없나.'

초조감에 입술을 깨무는 현월이었다.

암천비류공의 수련은 벽에 부딪친 상태였다. 아직 전성기의 힘을 회복하려면 한참이나 남았거늘 예기치 못한 시점에 답보 상태에 빠지고 말았다.

어떻게 해야 그 벽을 넘어설 수 있는가? 현월은 자문해 보았지만 답은 쉽사리 나타나지 않았다.

'예전의 나는 어떻게 했었지?'

그게 기억이 나지 않았다.

너무 오래된 일이기 때문일까? 어쩌면 그땐 지금처럼 벽에 부딪치지 않았던 것인지도 모른다. 혹은 너무나 빠른 성장세 때문에 몸이 자체적인 제동을 걸어버린 것일 수도 있었다.

어느 쪽이 되었든 좋은 일은 아니다. 현월은 조금 어처구니 없는 심정이 되었다.

'한 번 갔었던 길이라고 해서 또다시 쉽게 갈 수는 없는 법인가 보다.'

과거를 망각하지 않는 인간은 없다. 한 차례 습득했던 무공이라 하여 삽시간에 되찾을 수 있다고 생각하는 것이 오히려 이상한 것인지도 몰랐다.

'그렇다 해서 계속 답보 상태에 머무른다면 문제인데……'

뭔가 해결법을 찾아야 할 시점이었다.

*   *   *

"음."

한 사내가 있었다.

말끔한 문사의를 걸친 채로 높다란 절벽 위에 서 있는 청년이었다.

마치 조금 전에 집을 빠져나온 것만 같은 행색.

누가 봐도 먼 거리를 여행해 왔다고는 믿지 못할 차림새였다.

그의 망막에는 여남의 전경이 비치고 있었다.

그리고 그게 문제라면 문제였다.

"너무 빨리 와버렸네."

청년, 천유신은 쩝 하고 입맛을 다셨다.

"저기가 여남이 맞기는 맞는 것 같은데⋯⋯."

그렇다면 더 문제다. 원래 계획은 이게 아니었으니까.

"수향하고 만나려고 했던 건데. 아무래도 길이 엇갈렸나 본데?"

엄밀히 말하면 엇갈렸다고 하기도 민망할 정도다. 지금쯤 임수향은 서안을 벗어나지도 않았을 테니까.

거기까지 생각이 미치니 천유신으로서도 아차 싶은 것이었다.

"난 이게 문제란 말이지."

인세의 상식을 초월한 자들은 필연적으로 세상일에 무심할 수밖에 없다.

도가에서 일컫는 우화등선이란 것도 비슷한 맥락일 터였다.

모종의 이유로 개미집이 파헤쳐졌다. 개미들은 필사적으로 자신들의 터전을 지키려 들 것이다. 그러나 그 모든 절박

함이란 멀뚱히 지켜보는 인간의 입장에선 아무런 감흥도 없는 일일 수밖에 없다.

혹시 모를 일이긴 했다. 감수성이 강한 사람이라면 눈물 한 방울을 찍 흘려줄지도. 하지만 대부분의 사람은 잠깐 관심을 갖다가 이내 흥미를 잃고는 다른 데로 가버릴 것이다.

천유신 또한 그러했다. 인세를 초월한 까닭에 철저하게 인간 사회에 무심했다.

때문에 자신이 쉽사리 할 수 있는 일은 다른 이에게도 마찬가지일 것이라 으레 짐작해 버리고는 했다. 그리고 그것이 틀렸다는 것을 알게 될 때에도 별다른 감흥을 느끼지 못했다.

그래도 이번엔 평소와 달리 입맛이 썼다.

그 이유가 무엇인지는 누구보다도 천유신 자신이 잘 알았다.

"나도 참 웃기는 놈이지. 왜 하필 고런 계집애에게 꽂혀서는."

그는 담백한 성격이었다.

때문인지 자신이 임수향에게 호감을 지니고 있다는 것도 깔끔하게 인정할 줄 알았다.

"지금이라도 돌아가서 우연히 만난 척할까? 아니, 그러면 더 이상해 보이겠지. 차라리 저곳에서 수향이 올 때까지 기다릴까? 그러면 또 한참을 기다려야 할 텐데."

홀로 끙끙거리던 천유신은 문득 만사가 귀찮아졌다. 그러고 나니 배 속에서 때를 맞춰 신호를 보냈다.

꼬르륵.

"음……."

천유신은 뒷머리를 긁적였다.

"그러고 보니 돈을 가지고 나왔던가?"

그럴 리 없었다.

애초에 그는 강대하기에 금전 감각조차 희미한 자였으니까.

게다가 돈 따위야 주변에서 뜯어내면 그만인 것이다.

"일단 배부터 채워야겠군."

마음을 정한 천유신은 여남으로 향했다.

*　　　*　　　*

그는 어느새 여남의 거리에 서 있었다. 마치 처음부터 그곳에 서 있었던 양.

"좋아. 그럼 이제 어쩐다?"

천유신은 한참을 끙끙댔다.

마음 같아선 지나가는 놈 중에 아무나 붙잡아서 탁탁 털어내고 싶었지만 그랬다간 어떤 일이 벌어지리라는 것쯤은 잘 알고 있었다.

그게 무섭진 않았다. 하지만 귀찮기는 했다. 다른 건 몰라도 귀찮은 일에 휘말리는 것만큼은 사양하고픈 그였으니 말이다.

한참을 고민하다가 깨달았다. 뒷골목이나 인적이 드물고 건물이 허름한 곳에 돈 뜯기 적합한 놈들이 많다는 것을.

이른바 파락호라 불리는 패거리의 서식지가 그런 곳들이란 것을 말이다.

참으로 당연한 상식임에도 떠올리는 데 꽤나 애를 먹은 것이다.

천유신, 아니, 천겹마신 화무백이란 자가 어떤 존재인지를 잘 보여주는 모습이라 할 수 있었다.

"잘됐군."

기분이 좋아진 천유신은 곧장 뒷골목으로 향했다.

그러나 이상하게도 파락호나 왈패 무리는 보이지 않았다.

그들에게서 돈을 뜯어 배불리 먹고 즐기려 했던 천유신은 내심 당황했다.

"뭐지? 그새 세상이 바뀌기라도 했나?"

사람 사는 곳은 대부분 비슷하다.

겉으로 드러나는 모습이 아무리 밝고 평화롭다 하더라도 한 꺼풀 벗기고 들어가 보면 어디에나 어둠이 있고 악이 존재했다.

그런 것을 생각해 보면 여남은 참으로 이상한 동네였다.

마치 산으로 치면 무지막지한 산왕(山王)의 서슬에 잡다한 동물들이 달아난 버린 형국이었다. 그만큼 치안 상태가 좋은 편이었다.

대신 잡다한 패거리 이상의 한가락 하는 무인들은 많았다. 마치 일부러 불러 모으기라도 한 것처럼.

"음, 곤란한데."

천유신은 볼을 긁적였다.

잡다한 파락호들은 오히려 털어도 뒤탈이 없었다. 힘의 상하 관계만 확실하게 보여주면 감히 덤벼들 엄두를 내지 못했으니까.

그런 점을 감안하면 고마운 자금 공급원이라고도 할 수 있었다.

하지만 그보다 약간 위, 나름 칼 밥 먹었다는 무인 놈들을 함부로 건드려서는 곤란해지기 십상이었다. 파락호 무리는 돈이나 당장의 이득 따위에 움직이지만 놈들은 그것만으로 움직이지 않기 때문이다.

명예, 혹은 명성.

무림인이란 작자들은 그런 허울에 환장한 놈들이었다.

단순히 두들겨 패고 쫓아낸다 하더라도 그와 관련된 소문은 순식간에 쫙 퍼져 버리게 마련이었다. 그러면 또 소문의 냄새를 맡고는 다른 녀석들이 꼬여드는 것이었다.

혈교에 있을 적에도 그랬다.

마음에 들지 않는 놈이 자꾸만 시비를 걸어서 두들겨 팼더니 다음번엔 다른 녀석이 자웅을 겨루자며 덤벼드는 것이었다.

기분이 좋을 때는 목숨을 살려줬지만 꿀꿀하다 싶은 날엔 가차 없이 쳐 죽였다.

그런데도 살리면 살리는 대로, 죽이면 죽이는 대로 소문이 퍼져 버렸다.

그러면 또 더 강하다는 녀석이 혀를 빼물고 덤볐다.

그런 경우가 얼마간 반복되다 보니 어느새 화무백은 천겁마신이란 별호로 불리고 있었다. 남들은 그 이름에 자다가도 오줌을 지린다지만 당사자로선 그저 어처구니가 없을 뿐이었다.

당신을 따르겠다며 넙죽 엎드리는 놈들도 있었다. 그놈들도 똑같이 얄미워서 손을 좀 봐줬는데, 그런데도 좋다고 졸졸 따라다니는 놈들이 태반이었다.

화무백은 그때 여실히 깨달았다.

'아, 무림인이란 놈들은 정말 미친놈이군.'

아마도 그때부터였을 것이다.

두문불출하게 된 것이.

혈교와 무림맹이 한창 치고받는 동안에도 그는 개입하지

않았다. 그리고 그것은 현재에 이르러서도 마찬가지였다.

그는 빈둥거리는 게 좋았다. 무림맹 무사관에 자리 잡게 된 것도 그런 연유였다.

사실 마음 같아선 인적 하나 없는 산골에 처박혀서 혼자 살고 싶었고 실제로 실행에 옮기기도 했다. 하지만 한 달을 채 버티지 못했다. 혼자 밥을 지어 먹고 산다는 것이 의외로 귀찮은 것도 많고 까다롭기도 했기 때문이다.

물론 그의 무위라면 한 달 내내 굶더라도 죽을 일은 없다. 하지만 죽을 일이 없는 것과 불편한 것은 별개의 문제.

그는 빈둥거리는 게 좋은 만큼 따뜻한 국과 밥 또한 좋았다.

무사관은 그 두 가지를 모두 충족시켜 주는 곳이었다.

그리고 그곳에서 임수향을 만났다.

올해로 근 백이십 세의 나이인 화무백은 어처구니없게도 그녀에게 마음이 동하게 되었다.

스스로 생각해도 참 한심한 일이었지만 달리 보면 그럴 만도 하다 싶었다.

"이 나이를 먹도록 여자 손 한 번 제대로 잡아본 적이 없으니."

천유신은 나직이 혀를 찼다. 그러고 나니 괜스레 스스로가 한심해지는 기분이었다.

여자를 의도적으로 멀리한 것은 아니었다. 특히나 수하가 되겠다며 너도 나도 넙죽 엎드려대던 때에는 그의 환심을 사겠다고 절세의 미녀들을 가져다 바치는 놈들도 부지기수였다.

그런 미녀들을 멀리한 것에는 별다른 이유가 있는 게 아니었다.

밉살스럽고 귀찮은 놈들이 갖다 바치는 것이다 보니 괜한 반발심이 생긴 것도 있고 미녀들의 경직된 미소 너머로 비치는 공포심이 너무 빤히 보이기도 했기 때문이다.

하지만 임수향은 달랐다.

천유신을 귀찮아하면서도 나름대로 배려해 줬고 때때로는 진심에서 우러나온 미소를 보여주기도 했다. 물론 그것은 그녀가 천유신의 본모습, 화무백이란 존재에 대해 모르기 때문일 터였다.

꼬르르륵.

생각이 깊어졌더니 배 속이 아우성을 쳤다. 천유신은 잡생각을 멈추고는 주변을 살폈다.

이왕 이렇게 된 거 뒤탈이 나더라도 아무나 붙잡아 족치고 봐야겠다는 생각이 들었다.

"까짓 거 꼬이는 놈이 있으면 다 밟아버리지, 뭐."

7장

선후배의 대면

　나직이 중얼거리는 천유신의 눈에 기이한 광경이 들어왔다.

　"응?"

　자신의 또래로 보이는 사내였다. 물론 외관상으로 봤을 때 그렇다는 소리였다.

　약관을 겨우 넘겼을까 싶은 청년이 평범한 무복을 입은 채 걸어가는 광경.

　그 자체만 놓고 보면 전혀 특별할 게 없는 모습이었다.

　그러나 다름 아닌 천유신에게 있어선 너무나 특별한 광경일 수밖에 없었다.

존재할 수 없는 것이 그곳에 존재하고 있었던 까닭이다.

천유신은 극한의 경지에 다다른 무인.

타인이 내뿜는 호흡의 결만으로도 그자가 익힌 무공의 뿌리쯤은 어렵잖게 파악할 수 있었다. 물론 그 무공이 천유신의 기억 속에 존재한다는 전제가 깔려 있을 경우의 얘기지만 말이다.

지금 같은 경우가 딱 그러했다.

천유신은 청년의 호흡으로부터 한 가지 무공을 유추해 낼 수 있었다.

이는 물론 몇 가지 우연이 중첩된 결과물이었다. 아마 평소의 천유신이었다면 그냥 무심결에 지나쳐 버렸을지도 몰랐다.

어찌 되었든 지금은 아니었다.

천유신은 비공을 찌르는 듯한 강렬한 느낌에 새삼 움찔했다.

'암천비류공?'

천유신은 두 눈을 비비고는 청년을 다시 바라봤다.

청년의 호흡은 정순하고 교묘했다.

어지간한 초고수라 하더라도 겉으로 드러나 있는 백도 무림의 정공의 흔적만을 어렴풋이 눈치챌 수 있을 터였다.

그러나 천유신은 어지간한 초고수 따위가 아니었다. 그는 고금을 통틀어서도 다섯 손가락 안에 꼽힐 강자 중의 강자였다.

게다가 하루가 채 지나기도 전에 암천비류공의 기운을 다루기까지 했었다.

그런 요소들이 결합되었기에 겨우 청년의 기운을 감지해 낼 수 있었던 것이다.

그렇기에 놀라운 것이었고.

"대체 어떻게!"

천유신은 무심결에 소리쳤다.

주변을 지나가던 이들이 미간을 구기며 돌아봤지만 그는 전혀 개의치 않았다.

그는 성큼성큼 청년에게 다가갔다.

청년 또한 천유신을 바라보며 경직된 표정을 하고 있었다.

*   *   *

'뭐지?'

현월은 긴장했다.

자신과 비슷한 연배로 보였다. 물론 외관상 그렇다는 말이었다.

문사의를 입은 청년은 별안간 한마디를 뱉더니 성큼성큼 다가오고 있었다.

그리고 그가 다가올수록 현월은 절벽 끝으로 내몰리는 듯한 느낌을 받았다.

'강하다!'

본능이 그렇게 소리치고 있었다.

문사의를 입은 청년에게선 아무런 기운도 느껴지지 않았지만 그것이 도리어 청년에게 뭔가가 있다는 느낌을 강하게 만들어주고 있었다.

거침없이 다가온 청년은 현월과 한 걸음 거리에서 멈춰 섰다.

현월은 뒷걸음질 치고 싶은 자신을 애써 억눌렀다.

청년이 미소를 지었다.

"감이 좋은 녀석이군."

"……."

"네게 묻고 싶은 게 많은데 말이야. 그건 너도 마찬가지일 테지? 안 그래?"

"무슨 말을 하는 건지 모르겠습니다만."

현월은 자기도 모르게 경어를 내뱉었다. 마치 그래야 할 것 같다는 생각에서였고 청년 또한 그것을 당연하다는 듯 받아들이는 눈치였다.

"나는 천유신이다. 너는 누구지?"

"…현월."

"현월? 기억에 없는 이름인데. 사문이 어떻게 되지?"

"현검문입니다."

"그딴 거 말고. 내가 물으려는 건 네가 어디서 그걸 익혔냐는 거다."

"그거라니요?"

청년, 천유신이 미간을 팍 구겼다.

"자꾸 말 돌릴래? 암천비류공 말이다. 그걸 대체 어디서 익혔냐고."

"……!"

현월은 하마터면 기함을 할 뻔했다.

금왕을 처음 만났을 적에도 이렇게 놀라지는 않았을 것이다.

황급히 주변을 둘러봤다.

혹여나 이 대화를 엿듣는 이가 있지는 않을까 싶어서였다. 과연 몇몇 무사들이 날카로운 눈빛을 보내고 있었다.

'저들이 암천비류공에 대해 알 리는 없지만…….'

만약을 대비해 입막음을 해야 할까?

하지만 그것도 눈앞의 청년과의 대화가 일단락된 후에나 가능할 일이었다.

더군다나 지금은 머릿속이 하얗게 변해서는 아무런 생각도 들지 않았다.

꼬르르륵.

천유신의 배에서 배곯는 소리가 흘러나왔다. 천유신은 크게 입맛을 다시더니 자연스럽게 현월의 어깨에 손을 걸쳤다. 현월이 흠칫 놀라 밀어내려 했으나 씨알도 먹히지 않았다.

"아, 배고프다. 너도 배고프지?"

"……."

"침묵은 곧 긍정이란 말이 있지. 아무래도 서로 간에 할 얘기가 많을 것 같은데 뭐라도 먹으면서 얘기를 하는 게 어떨까?"

"그럽시다."

"시원해서 좋군. 물론 밥값은 네가 내는 거겠지?"

안 내면 가만두지 않겠다는 태도다. 현월은 어처구니가 없는 심정이었다.

*　　　*　　　*

두 사람은 가까운 객잔으로 향했다. 천유신은 자리에 앉자마자 음식이란 음식을 모두 내오라고 말하고는 희희낙락했다.

"좋군. 살다 보니 까마득한 후배에게 밥을 얻어먹는 일도 다 있고."

"후배……?"

"그래, 후배. 물론 네가 후배란 뜻이지."

그렇게 말한 천유신이 검지를 세워 보였다. 그 위로 현월만이 볼 수 있는 시커먼 기운이 살짝 치솟았다가 사라졌다.

암천비류공의 기운이었다. 현월은 터져 나오려는 비명 소리를 애써 억눌렀다.

"…귀하는 대체 누구입니까?"

"말했잖아, 천유신이라고. 아, 하긴 이렇게 말해 봐야 별 의미는 없으려나? 근데 뭐, 너도 네 이름 말고는 말한 게 없으니 피장파장이지."

"대체 어떻게 그 무공을……."

"그건 내가 묻고 싶은 말이다. 미안하지만 익혀도 내가 너보다 훨씬 전에 익혔거든? 아마 익히기 시작한 시기를 따지자면 네가 아니라 네 아비가 태어나기 이전으로 가야 할걸."

"……."

"이래 봬도 올해로 백이십이 넘었거든."

현월은 까마득한 기분에 할 말을 잃었다. 미친놈의 헛소리로 치부하기엔 직접 목격한 증거가 너무나 생생했다.

"이젠 내가 질문할 차례다. 너는 대체 어디서 암천비류공을 익힌 거지? 호기(呼氣)에 깃들어 있는 기운으로 판단하건 대 하루 이틀 익힌 수준은 결코 아닌 걸로 보이는데 말이야."

"……."

"침묵으로 일관해서 좋을 건 없을걸. 내가 마음만 먹으면 네 입을 강제로 여는 것쯤은 계란으로 바위 깨기보다도 쉬운 일이야."

"…비유가 거꾸로 된 것 아닙니까?"

"제대로 한 거야. 나는 계란으로도 바위를 깰 수 있거든."

허풍은 아니다. 본능이 그렇게 말하는 것을 느끼며 현월은 아득한 기분에 잠겼다.

'침묵을 고수해 봐야 의미가 없다.'

현월은 그렇게 납득했다. 이리저리 상황을 가늠하기엔 눈 앞의 상대가 너무 강대했다.

아마도 현월이 지금껏 만난 이들 중 최강자가 아닐까.

그렇게 생각하니 새삼 마음이 가벼워지는 기분이었다. 선 택의 여지가 없다면 차라리 능동적으로 나가는 것이 더 나을 듯도 했다.

"무림맹 군사, 유설태에 대해 알고 계십니까?"

천유신의 눈매가 가늘어졌다.

"알다마다."

"가까운 사이십니까?"

"오히려 그 반대지. 징그러운 놈이야."

현월은 약간이지만 내심 안도했다.

"제가 암천비류공을 익힌 것은 그를 통해서였습니다."

"유설태를 통해서였다고?"

"예, 그는 암천비류공의 비급을 지니고 있습니다. 그리고 저는 그 비급을 통해 대략적인 수련을 거칠 수 있었습니다."

"잠깐. 그건 말이 안 되는데? 내가 놈한테 비급을 넘겨준 것도 몇 년 되지 않은 일이고, 그사이에 적합자를 찾았다는 얘기도 수련에 성공했다는 얘기도 듣지 못했어. 애초에 그게 성공했던들 지금 그 계집에게 무공을 익히게 하지도 않았을 테고."

두 사람은 잠시 멍한 얼굴로 서로를 바라봤다. 그러고는 거의 동시에 입을 열었다.

"놈이 적합자를 찾아냈습니까?"

"대체 뭐가 어떻게 된 거냐?"

때마침 양념에 절인 오리찜이 나왔다. 현월이 뭐라 하기도 전에 천유신이 운을 뗐다.

"난 지금부터 이걸 시식하겠다. 너는 그동안 내가 납득할 수 있도록 설명해 봐. 거짓을 말할 생각일랑 집어치우고. 납득하지 못할 이야기라면 네놈의 목을 베어 유설태에게 갖다 주겠다."

"……."

현월은 마른침을 삼켰다. 만약 이자가 정말 그를 죽이겠다고 마음먹는다면 과연 현월은 자기 자신의 목숨을 건사할 수 있을까?

힘들 거라는 생각이 들었다.

이렇게 되니 차라리 홀가분한 심정마저 들었다. 어찌 됐든 지금껏 그 누구에게도 자신의 이야기를 털어놓지 못했던 현월이었으니까.

'이자라면, 어쩌면…….'

자신의 처지를 이해해 줄 수도 있지 않을까?

현월은 어느새 입을 열고 있었다.

"그럼 모든 것이 시작된 날에 대해서부터 이야기하겠습니다."

*　　　*　　　*

반시진 후.

오리찜을 비롯해 줄줄이 나온 음식들은 대부분 초토화된 뒤였다.

천유신은 문사의 바깥으로 비어져 나온 배를 두드리며 연신 트림을 했다.

"껄. 음, 그러니까 네가 사실은 스무 살 먹은 애송이가 아니라 마흔 살도 더 된 노땅이란 말이지?"

"예, 선배께서 그러신 것처럼 말입니다."

"뭐야. 지금 그 말은 내가 노땅이란 소리냐?"

"저는 아무 말도 하지 않았습니다."

미간을 찌푸리는 천유신이었으나 막상 화를 내진 못했다. 현월의 말마따나 노땅 운운한 것은 자신이었으니까.

게다가 은연중에 현월이 선배라고 불러준 것도 컸다. 그의 힘에만 매료되어 제멋대로 충성하려는 놈들과 달리 이건 정말 같은 무공으로 이어진 연대라는 것이 존재하는 관계였으니까.

"회귀대법이라. 세상엔 참 기이한 술법도 다 있군. 그런데 말이야. 그렇게 따지면 나한테 앙심을 품은 놈이 날 죽이려고 과거로 갈 수도 있다는 건가? 내가 태어나기 전으로 돌아가서 내 어머니를 죽이거나 한다면 지금의 나는 어떻게 되는 거지?"

"그것까진 잘 모르겠습니다."

솔직하게 대답하는 현월이었다.

기실 그 또한 궁금했다. 과연 과거로 돌아온 자신에 의해 자신이 원래 존재하던 미래의 역사 또한 바뀌게 되는 걸까?

'그게 아니라면… 지금과 그때는 아예 별개의 세계인 건가?'

생각할수록 머리만 복잡해지는 얘기였다. 그랬기에 현월은 결국 생각하기를 포기했다.

어차피 그가 신이나 그에 준하는 전지전능한 존재도 아닌바, 현월로서는 그저 자기 앞에 놓인 상황에 대응하는 것만으로도 벅찰 지경이었다.

"쳇, 모르겠군. 어쨌든 제법 재미있는 이야기라는 것만은 인정해야겠어."

"……"

"그래서 너는 유설태와 혈교를 무너뜨리기 위해 되돌아왔다는 것이군. 암천비류공은 녀석에게 이용당하던 시절에 익힌 거고."

"그렇습니다."

천유신이 피식 웃었다.

"네가 알지는 모르겠다만 나는 한때 혈교도들로부터 천겁마신 화무백이라 불렸던 자다. 들어본 적이 있나?"

"…이름 정도는."

엄밀히 말하면 회귀한 후에 알게 된 이름이었다. 금왕의 흑도 무림 서열록에서도 가장 높은 자리를 차지하고 있던 이름이었으니까.

다시 말해 천하제일인에 가장 가까운 사내.

현월의 앞에 마주 앉은 청년의 정체가 바로 그것이란 소리였다.

"별로 겁먹지는 않은 눈치로구나. 내가 만약 네놈을 붙들어서 유설태 앞으로 끌고 간다면 어찌할 생각이지?"

"…어떻게든 놈의 목에 칼을 꽂아넣을 기회를 찾으려 하겠지요."

"말은 잘하는군. 그게 네 실력으로 가당키나 할 일이라 생각하나? 만약 내가 네놈의 팔다리를 송두리째 분지른다면? 힘줄도 끊어버리고 관절도 부숴 버린다면 어찌할 생각이지?"

"남은 이빨만으로라도 놈의 목을 깨물려 들 겁니다."

그렇게 대답하는 현월의 두 눈에는 귀기가 어려 있었다.

천유신은 그 귀기가 마음에 들었다.

"그렇다고 널 돕겠다는 것은 아니지만."

"예?"

"아니, 혼잣말이야. 어쨌든 너무 겁먹을 건 없어. 난 너나 유설태 간의 일에 끼어들 생각이 눈곱만큼도 없으니까. 너희가 서로를 죽이네 살리네 하는 거야 너희들 사정이지."

"……"

"어쨌든 밥은 잘 먹었다. 재미있는 이야기도 잘 들었고. 그렇다고 해서 우리가 다시 엮일 일은 없을 거야."

천유신이 홀연히 자리에서 일어났다. 그 순간 현월은 마음속으로 갈등하고 있었다.

'가르침 한마디를 구할 수 있지 않을까?'

회귀 전의 현월조차도 암천비류공의 모든 것을 체득하지는 못했었다.

아마도 그의 전성기 당시를 기준으로 하더라도 전체의 칠할을 깨쳤다면 많이 깨친 것이라고 할 수 있을 터였다.

그리고 천유신, 아니, 화무백은 족히 그 모든 것을 깨친 것으로 보이는 자.

최대한 냉정히 평가하더라도 암천비류공의 구 할 이상을 자기화 한 것으로 보였다.

그런 자라면 현월에게 큰 가르침을 줄 수 있을 터.

거창한 깨달음까지 갈 것도 없이 지금 당장 현월의 앞을 가로막은 벽만 치울 수 있다면 그걸로 좋았다.

현월은 용기를 냈다.

"부탁 한 가지만 드려도 되겠습니까?"

"아니, 안 돼."

딱 잘라 대꾸하는 천유신.

현월은 약간이지만 오기가 생겼다.

"밥을 대접받은 대가 정도는 받을 수 있는 것 아닙니까?"

"뭘 모르는 소리를 하는군. 내가 널 살려두는 것이야말로 밥을 얻어먹은 대가라고는 생각 안 하냐?"

"그건……."

"딱히 유설태에 대한 의리 때문은 아냐. 앞서 말했다시피 난 놈이 별로 마음에 안 드니까. 하지만 이런 이유 정도는 들 수 있겠지. 암천비류공이 원래는 일인전승의 무공이었다는 것. 물론 이제 와서는 유명무실해진 얘기지만 말이다."

"……"

"그런 걸 다 떼어놓고 보더라도 밥 한 끼 값으로 조언을 구하겠다는 건 너무 놀부 심보 아니냐?"

앞서 천유신이 휴가증을 얻고자 한 일에 대해 현월이 알았다면 기가 막혀 했을 것이다. 하지만 그런 사정을 알 리가 없으니 현월로서는 그저 입을 다물고 있을 수밖에 없었다.

사실 천유신도 그때 일을 내심 후회하고 있었다.

'휴가증 하나에 너무 큰 것을 내줘 버렸지.'

현월에게 짜게 구는 것은 그 일에 대한 반작용이기도 했다. 물론 현월로서야 억울할 일이었지만.

천유신은 딱 잘라 말했다.

"앞으로 우리가 다시 만날 일은 없을 거다."

8장

패도무한공의 완성

감숙성 기련산(祁連山), 패도궁.

궁내는 정적에 휩싸여 있었다.

끼이익.

미려섬검(美麗殲劍) 심유화는 조심스레 문을 닫았다. 궁 내부로 가늘게 비쳐 들던 햇살이 완전히 사라졌다. 그녀는 완연한 어둠 속에서 잠시 눈이 익숙해지길 기다렸다.

패도궁은 완전히 외부와 단절되어 있었다. 조금 전 그녀가 들어선 문 또한 수십 겹으로 쳐진 쇠사슬들을 끊어내고서야 겨우 열 수 있었다.

심유화는 나직이 심호흡을 했다.

'벌써 열흘이 지났구나.'

폐궁(閉宮)은 다름 아닌 궁주의 결정이었다.

패도궁주 백진설은 열흘 전에 돌연 수하들에게 선언했다.

"나, 폐관 수련 좀 해야겠다."

"……!"

심유화를 비롯한 수하들은 문자 그대로 소스라치게 놀랐
다.

하지만 그것은 경악보다는 경이나 탄복에 가까운 놀람이
었다.

그럴 수밖에 없는 것이 어느 누구보다도 수련과는 거리가
먼 인물이 바로 그들의 궁주였던 것이다.

물론 나면서부터 무공이 몸에 밴 이는 있을 수 없고 강자에
게는 그에 따르는 수련이 존재하게 마련이었다. 백진설 또한
예외일 리는 없었다.

'하지만…….'

최소한 심유화를 비롯한 수하들 앞에선 단 한 차례도 수련
비슷한 짓조차 행하지 않았음을 생각해 보면 백진설의 발언
이 기절초풍할 일이란 데에 이견을 달기는 어려울 터였다.

백진설은 내리 말했었다.

"그러니까 여긴 내가 좀 써야겠다."

그 한마디에 패도궁 휘하 수백의 무사가 바깥으로 내쫓겼다. 졸지에 집 잃은 강아지 신세가 되어버린 것이다.

백진설은 어안이 벙벙한 수하들을 향해 명령의 방점을 찍었다.

"폐쇄해."

어느 안전이라고 거역할까. 비교적 냉정을 일찍 찾은 심유화가 수하들을 독려했다. 그리고 반나절이 채 되지 않아 패도궁은 수없이 많은 쇠사슬과 나무판자에 의해 완전히 폐쇄되었다.

그날로부터 열흘 하고도 하루가 더 지났다.

수하들은 고심에 빠졌다. 물론 수련이란 게 하루 이틀 만에 성과를 볼 수 있는 일도 아니고 폐관 수련이 수개월간 이어지는 것쯤이야 굳이 새삼스러울 것도 없는 얘기였다.

오히려 열흘이면 짧디짧은 기간이라고도 할 수 있을 터.

며칠 늦어지더라도 이해 못 할 바는 아니었다.

'그 주체가 백진설이 아니라면 말이지.'

심유화는 백진설을 그 누구보다 잘 알았다.

비록 게으른 데다 타인에게 무심하고 만사 귀찮아 하는 인간이었지만 거짓말만큼은 결코 하지 않는 사람이란 것을.

그래서 그녀는 직접 안을 살펴보겠노라고 선언했다. 어차피 백진설이 없는 이상은 부궁주인 그녀가 가장 높은 위치였으니 그녀의 말에 토를 다는 사람은 아무도 없었다.

그래서 쇠사슬 몇 개를 끊고 안으로 들어온 차였다.

'한데 궁주님은 대체 어디 계신 거지?'

궁내는 넓었다.

사실 다른 곳에 비하면 그렇게까지 넓다고 할 수는 없는 규모였는데, 그래도 홀로 있다 보니 드넓게만 느껴졌다.

백진설의 기척은 느껴지지 않았다.

어쩌면 아직까지도 수련에 매진하고 있는 것일지도 몰랐다.

운기조식이나 명상을 진행 중이기에 기척이 느껴지지 않는 것일 수도 있었고. 그렇다면 심유화는 크나큰 실수를 한 셈이었다.

자칫하면 폐관 수련을 방해하게 될지도 모른다. 그렇게 생각하니 새삼 입안이 바싹 마르는 그녀였다.

'괜히 들어온 걸까?'

들어가기 전에 수하들 앞에서 큰소리를 떵떵 쳤었던 그녀다.

그런데 새삼 안으로 들어오고 나니 자신이 괜한 짓을 해 백진설의 수련을 방해하는 게 아닐까 하는 걱정이 들었다.

드르렁.

"……?"

어렴풋하게 들려오는 익숙한 소리에 심유화는 두 귀를 쫑긋 세웠다. 혹시나 자신이 헛것을 들은 게 아닌가 싶어 청각에 주의를 기울였다.

드르르르. 쩝.

"……."

심유화는 할 말을 잃었다. 안으로 들어설 때의 조심스런 태도와 달리 그녀는 쿵쿵거리는 걸음으로 소리의 진원지로 향했다.

어둠 속에 희미하게 한 사내의 신형이 보였다. 큰 대자로 뻗어 있는 무척이나 익숙한 모습.

심유화는 조금 전까지 고민하던 자신의 꼴이 우스워졌다.

"궁주님!"

쩌렁쩌렁한 외침에 궁 곳곳으로 메아리가 쳤다. 완전히 폐쇄된 곳이다 보니 물방울 하나만 떨어져도 소리가 크게 날 정도이니 그녀의 목소리는 숫제 사자후처럼 몰아치는 수준이었다.

"음."

대자로 뻗어서 자고 있던 백진설이 입맛을 다셨다.

"좀만 더 자자, 유화."

"설마 열흘 내내 주무시고 계셨던 거예요?"

심유화가 거의 울먹이는 목소리로 따졌다. 수하들이 자신의 일취월장을 기원하며 얼마나 마음을 졸였는지 이 남자는 알기나 하는 걸까?

"저희들이 얼마나 노심초사했는지, 궁주님이 혹여나 잘못되지는 않은 걸까 얼마나 걱정했는지 알지도 못하시겠죠? 예? 궁주님은 그저 수하들을 내쫓고서 편하게 빈둥대고 싶으셨을 뿐인 거죠?"

"그런 거 아냐."

"아니긴 뭐가 아니에요! 난 그것도 모른 채 이런 바보짓에 동참을……."

"쉿."

어느새 일어선 백진설이 손가락을 입에 가져다 댔다. 심유화는 그제야 흠칫 놀라서는 그를 바라봤다.

일어서는 것을 감지하지도 못했다.

분명 조금 전까지의 백진설은 누워 있었고 지금의 그는 일어난 상태인데, 그 중간 과정은 아예 존재하지도 않았던 것만 같았다.

물론 백진설의 무위는 감히 가늠할 엄두도 낼 수 없을 만큼 빼어나긴 하다.

하지만 심유화 또한 천고의 기재라는 소리를 들어왔던 초절정 고수. 부궁주의 자리를 운으로 따낸 것은 아니었다.

그런 그녀마저 백진설의 움직임을 좇지 못한 것이다.

"궁주님⋯⋯."

"봐라, 유화."

백진설의 손아귀에서 백색의 빛이 흘러나왔다. 마치 꽃봉오리 같은 모양을 띤 그것은 천천히 사방을 향하여 벌어졌다.

풀썩.

벌어진 꽃잎 사이로 새하얀 빛무리가 튀어 올랐다. 그 광경을 바라보는 심유화의 가슴이 쿵쾅거렸다.

감상적인 분위기나 빛무리의 아름다움 때문만은 아니었다.

"백섬화(白閃花)⋯⋯."

절정에 이른 무인들은 자신이 지닌 내공을 다양한 형태로 발현할 수 있다.

절대적 영역에 이른 강기의 발현.

그것은 각 무인들의 궁극적인 목표였고 아무나 그 경지에 다다르는 것은 결코 아니었다.

백섬화 또한 그러한 강기의 발현체 중 하나.

그것이 패도무한공을 대성했을 때 벌어지는 현상이란 것을 심유화는 백진설에게 들어서 알고 있었다.

"마침내 해내셨군요!"

"그래, 운이 좋았지."

심유화는 눈물이 찔끔 나올 것만 같았다.

"그, 그런데도 알려주지 않으시고 주무시고만 계셨던 거예요?"

"이걸 깨치느라 열흘 내내 밤을 새워야 했어. 겨우 깨달음을 얻고서야 잠깐 눈을 붙인 거라고. 그대로 하루가 흘러 버릴 줄은 몰랐지만."

"그, 그럼……."

심유화의 얼굴이 새빨갛게 달아올랐다.

그녀는 결국 힘겹게 경지를 이뤄낸 상사를 핍박한 꼴이 된 것이다.

백진설이 의미심장한 미소를 지었다.

"이럴 때 해야 할 말이 있지 않아?"

"죄, 죄송합니다."

풀이 죽은 채 대꾸하는 심유화였다.

백진설은 소리 없이 웃으며 그녀의 머리를 쓰다듬었다.

"뭐, 그렇다고 네 잘못이란 건 아냐. 어차피 나도 슬슬 깨어날까 생각 중이었으니까."

"그래도……."

"그래도는 무슨 그래도야? 어쨌든 애들 시켜서 궁의 폐쇄를 풀라고 해."

"아, 네."

마음을 다잡으며 대답하는 심유화였다.

'이로써 궁주님께서는 혈교 최강의 경지에 한층 더 다가서
게 되셨구나.'

하늘 위엔 또 다른 하늘이 있는 법이라던가? 심유화에게
그러한 사실을 여실히 가르쳐 준 존재가 바로 백진설이었다.

그녀 또한 백 년에 한 번 날까 말까 한 기재라는 평을 들었
지만 그것은 어디까지나 과장 섞인 상찬에 불과했다.

하지만 백진설이 그 대상이라면 얘기가 달랐다.

오히려 백 년에 한 번 날까 말까 하다는 표현은 그의 천재
성을 폄하하는 것이란 생각이 들 정도였으니까.

'그래, 이분은 장차 혈교의 지존에 오르실 분.'

오래전 마교가 멸망당한 이후 혈교는 그 빈자리를 쟁취하
여 단숨에 흑도 제일의 세력으로 거듭났다.

그러나 누군가의 저주라도 받은 것인지 그 거대한 세력을
하나로 통합해 지배하는 자는 지금껏 나타나지 않았다.

그나마 그에 가장 근접한 자가 천겹마신 화무백이었다. 하
지만 그는 자신에게로 온 지존의 좌를 스스로 걷어찼다.

그리고 지금.

백진설은 화무백 이후에 아무도 감히 노리지 못하던 자리
에 도전할 자격을 갖춘 셈이었다.

'패도무한공과 함께라면 가능할 거야!'

암천비류공과 더불어 양대 불완공이라 불리는 것이 바로

패도무한공이었다.

전설적인 암살자인 암황 이후로 대성한 자가 없다고 일컬어지는 암천비류공과 함께 패도무한공 또한 한동안 입에서 입으로만 오르내리는 전설 취급을 받아왔던 것이 사실이었다.

그런데 백진설은 마침내 그 패도무한공을 대성한 것이었다.

유설태나 혈교의 다른 거두들이라 하여도 이러한 성취 앞에 감히 반대 의사를 표현하지는 못할 것이었다. 어차피 현재로선 패도궁의 전력이 혈교 내에서 가장 돋보이기도 했으니까.

'이분께선 지존의 자리에 오르실 거야.'

심유화는 그렇게 확신했다.

백진설은 전대 최강자라 할 수 있는 화무백과는 여러모로 달랐다.

게으르고 타인에게 무관심하다는 점에선 비슷하다고도 볼 수 있겠지만 개인적인 욕망이란 게 없다시피 했던 화무백과 달리 백진설에겐 야망이 있었다.

기왕이면 가장 높은 곳에 올라봐야지. 무림이란 이름의 산봉우리 중에서 말이야.

그것이 백진설이 항상 입버릇처럼 꺼내곤 하던 얘기였다.

"아, 그리고 말이지."

상념에 잠겨 있던 심유화는 퍼뜩 정신을 차렸다.

"예, 예?"

"무슨 생각을 그렇게 해?"

"그냥 잠깐……."

심유화는 급히 화제를 돌렸다.

"그런데 무슨 얘길 하시려고요?"

"음, 이제는 때가 된 것 같아서 말이야."

"때 말인가요?"

"그래, 적당한 때가 됐어."

심유화는 가슴이 터질 것만 같은 기분이었다. 마침내 백진설이 기존의 구도를 뒤집어엎고 혈교의 지존에 오르겠다고 선언하려는 것이었다.

백진설의 입이 느릿하게 열렸다.

"그에게 도전장을 보내야지."

"예?"

심유화는 멈칫했다. 지금 궁주님께서 도전장이라고 하셨나?

"항상 그 생각만 하고 지내왔으니까. 모든 것은 그자와의 결판을 위한 것이었어."

"그자… 라니요?"

"뻔한 거잖아? 내가 항상 말해왔던 게 뭐지, 유화?"

"무림이란 이름의 산봉우리 중에… 가장 높은 곳에 오르시
겠다고……."

"그래, 그러기 위해선 그자를 꺾어야만 해."

백진설의 눈이 시린 빛을 발했다.

"천겁마신 화무백을 말이야."

＊　　　＊　　　＊

덜컹!

수 겹의 쇠사슬로 봉인되어 있던 문짝이 너무나 간단히 뜯
겨져 날아갔다.

바깥에서 기다리고 있던 패도궁의 무사들은 궁주를 위해
환호성을 올릴 준비를 했다.

그러나 그들이 맞은 것은 전혀 예기치 못한 광경이었다.

부궁주 심유화가 시뻘겋게 달궈진 얼굴로 고래고래 소리
치고 있었던 것이다.

그것도 다름 아닌 궁주 백진설을 향하여.

"절대로 안 돼요! 제 목숨이 걸리더라도 결코 허락할 수 없

어요."

"누가 누구에게 허락을 한다는 거야?"

"단어가 마음에 안 드세요? 그럼 다르게 말씀드리죠. 제 눈에 흙이 들어오는 한이 있어도 결사코 안 돼요."

"그래?"

순간 백진설이 발끝으로 땅을 훑었다. 놀랍게도 모래 알갱이들이 수직으로 치솟았다.

백진설은 허공에 대고 손가락을 튕겼다.

손가락에 튕겨진 모래 알갱이들이 심유화의 눈으로 날아들었다.

"꺅!"

어울리지 않는 비명을 토하며 심유화가 눈을 비볐다. 백진설은 그 모습을 보며 하하 웃었다.

"이제 됐지?"

"궁주님!"

"그렇게 소리치지 않아도 알아들어, 유화."

"다른 누구도 아니고 화무백이에요. 어느 누구에게도 패한 적이 없는 괴물이라고요!"

이 또한 예기치 못한 이름의 등장이었다. 무사들은 질겁을 해서는 서로의 얼굴을 돌아봤다.

대체 부궁주께서는 왜 천겁마신의 이름을 언급하고 계시

단 말인가?

"나도 알아, 유화. 그자가 어떤 자인지는 말이지. 아마 그자에 대해서는 너보다도 내가 더 잘 알고 있을걸."

"그럼 그자가 계륵에 불과하단 것도 아시잖아요! 굳이 건드리지 않아도 해가 되지 않을 인간이고 구태여 건드려 봤자 이득이 될 것 없는 사람이라고요!"

"합리의 관점으로 바라본다면 그렇겠지."

"그리고 그 관점은 궁주로서의 관점이기도 해요! 자칫 잘못되시기라도 하면 패도궁은 어쩌시려는 거예요?"

"뭐야, 내가 아니라 궁이 어떻게 될까 걱정이었던 거야?"

"그런 얘기가 아니잖아요!"

"유화."

백진설은 부드럽게 웃었다.

"내가 언제 너희를 실망시켰던 적이 있더냐?"

"많아요! 일일이 셀 수도 없을 만큼!"

"…그래?"

백진설은 떨떠름한 얼굴로 볼을 긁적였다.

"뭐, 그러면 문제 될 것도 없겠네. 내가 재수 없게 죽기라도 하면 네가 궁주 자리를 계승해. 너라면 패도궁을 잘 이끌 수 있을 거다."

"궁주님!"

"난 질 생각이 없다, 유화."

나직하지만 힘이 실린 목소리였다.

게을러빠진 한량이 아니라 패도궁의 주인 된 자의 음성이었다.

"나는 지지 않을 거다."

백진설이 힘주어 말했다.

그가 그렇게까지 말하니 심유화로서도 차마 더 이상 반대를 할 수가 없었다.

무슨 말을 하더라도 먹히지 않을 것임을 알았기 때문이다.

백진설은 웃는 얼굴로 심유화에게 말했다.

"네 도움이 필요하다."

"도움이라고요?"

"그래, 그자, 화무백의 현재 위치에 대해 알아내야 해. 아무리 그자가 신출귀몰하고 구름 같은 자라 해도 유 장로라면 필시 알고 있을 테지."

유설태는 이미 오래전부터 화무백의 존재를 껄끄러이 여겨오던 차였다.

그런 만큼 화무백의 현 위치에 대해선 확실하게 파악하고 있을 터였다.

그리고 심유화의 재량이라면 수단 방법을 가리지 않고 유설태에게서 정보를 뽑아낼 수 있을지도 몰랐다.

물론 그녀가 그럴 의지를 지녔을 때의 얘기겠지만.

"제가 도움을 드리지 않겠다면요? 오히려 일부러 궁주님을 방해할 각오라면 어떻게 하시겠어요?"

"한마디를 하는 수밖에 없겠지."

"어떤 한마디를 말이죠?"

"나는 너를 믿는다는 한마디."

"……."

심유화는 입술을 깨물었다. 백진설은 결코 그 누구도 믿지 않는 자였고 당연하게도 그 누구에게도 신뢰감과 관련한 언행을 내뱉은 적이 없었다.

그런 그가 자신을 믿는다고 말하고 있는 것이다.

"해줄 수 있지?"

해맑기까지 한 백진설의 웃음 앞에 심유화는 차마 못 하겠다는 말을 꺼낼 수 없었다.

9장

싸우려는 이유

유설태는 서신을 구겼다. 그러고는 씹어뱉듯 중얼거렸다.

"미친놈!"

화분에 물을 주던 미우가 흠칫 놀라 그를 돌아봤다. 그러거나 말거나 유설태는 무서운 눈으로 허공을 노려보는 중이었다.

서신은 심유화가 보낸 것이었다.

백진설의 패도무한공이 대성을 이루었음을 알리는 내용이었다.

그것뿐이었다면 유설태는 기뻐했을 것이다.

비록 패도궁이 그와 껄끄러운 관계에 있다고 하더라도 상관은 없었다.

사실 혈교의 구성을 생각해 보면 껄끄럽지 않은 사이를 찾는 게 더 어려울 터이기도 했고.

거기서 한발 나아가 백진설이 혈교의 교주직을 차지하겠다는 야심을 드러냈더라도 그는 분노하지 않았을 것이다.

그가 바라는 것은 어디까지나 개인의 영화가 아닌 백도 무림의 멸망일 뿐이었으니까.

어찌 보면 백진설을 부추겼을 수도 있었다.

그편이 백도 무림의 멸망을 한층 끌어당기는 일이라면 더더욱.

그러나 이어지는 서신의 내용은 기어코 그의 욕설을 끌어내고 말았다.

눈앞에 있기만 했던들 백진설을 갈아버리려 했을 것이다.

그것이 유설태의 솔직한 심정이었다.

"정녕 자기 자신밖에 모르는 놈이로구나. 본교의 목적보다도 개인의 욕심이 더 중하다는 말이냐?"

"군사님……?"

유설태는 입술을 잘근 깨물었다.

그는 거의 초인적인 인내력을 발휘해 가까스로 미우에게 말했다.

"혼자 있고 싶구나. 잠시만 자리를 비워다오."

"괜찮으신 거예요?"

"…그래."

그 대답에도 미우는 안심하지 못하는 눈치였다.

유설태는 당장에라도 튀어나올 듯한 욕설을 애써 억눌렀다.

다행히 미우는 영민한 소녀였다.

유설태의 반응이 심상찮음을 느끼고는 곧바로 자리를 피해주었다.

유설태는 근처를 더듬어 손에 잡힌 것을 냅다 던졌다. 탁상위에 있던 화병이 벽에 부딪쳐서 산산조각이 났다.

"멍청한 놈! 다른 이도 아니고 천겁마신의 거취를 알려달라고? 그게 가당키나 한 말이더냐!"

백진설의 속셈이야 뻔한 것이었다. 놈에게 있어 화무백은 평생을 걸어서라도 넘어서고 싶은 궁극적인 목표였으니.

그렇기에 자신의 무공이 대성을 이룬 지금 결착을 내고 싶다는 것이겠지.

하지만 그 욕심 자체가 유설태의 입장에선 참으로 기가 찬 것이었다.

"이제 갓 이립을 넘긴 애송이 주제에 똥오줌도 가리지 못한단 말이더냐!"

지금 그나 패도궁이 전면에 드러나서는 안 됐다. 아직 혈교는 무림맹을 단번에 전복할 힘을 비축하지 못한 상태.

그런 마당에 패도궁주와 천겁마신이 맞붙게 되면 혈교의 존재가 드러나는 것은 시간문제다. 그리고 그렇게 되면 유설태가 세워놓은 대계 역시 완전히 망가지게 될 터였다.

백진설은 머저리가 아니다.

필시 그것을 알면서도 심유화를 시켜 서신을 쓰게 했으리라.

그래서 유설태는 더더욱 화가 나는 것이었다.

백진설의 의도는 말 그대로 혈교의 안위 따윈 개의치 않겠다는 선언과도 같았으니까.

"화무백에게 개죽음이라도 당하겠다는 것이냐? 아니면 그자를 압도하리란 확신이라도 생겼단 말이냐?"

어느 쪽이 되었든 허락할 수 없는 일이었다. 자칫 두 사람이 동귀어진이라도 해버린다면 혈교는 극심한 타격을 입고 휘청이게 될 것이었다.

인정하긴 싫지만 그것이야말로 백진설이란 존재의 입지였다.

유설태 자신이 죽더라도 혈교는 망하지 않는다. 최악의 경우라 해도 한두 개의 주를 차지할 수는 있을 것이다.

그러나 백진설이 죽으면 혈교는 멸망일로를 걸을 수밖에

없다.

무인 집단에 있어 가장 중요한 요소인 무력 자체를 상실하는 꼴이 될 테니까.

패도궁은 그만큼 혈교에 있어 중요한 요소였고 백진설은 그 패도궁을 한데 묶는 구심점이었다.

그가 죽으면 패도궁의 전력 또한 반감될 수밖에 없었다.

유설태는 종이와 붓을 준비했다.

그러고는 마음을 가라앉혔다. 이대로 붓을 쥐었다간 붓대를 분지르든 종이를 찢어버리든 둘 중 하나일 것임이 분명했다.

겨우 진정을 하고는 서신을 작성했다.

대답은 물론 불가하다는 것이었다.

*   *   *

"이렇게 나온단 말이지."

백진설은 바로 서신을 찢어버렸다.

내용 자체는 무척 정중하고 사려 깊었다. 쉽게 말해 백진설을 타이르는 듯한 어조로 어째서 화무백의 위치를 알려줄 수 없는지와 왜 그와 싸워선 안 되는지에 대해 상세히 적혀 있었다.

그래서 백진설은 짜증이 났다. 그 또한 익히 알고 있는 사실들이었고 유설태 역시 그것을 알면서도 굳이 적은 것이기 때문이었다.

"궁주님, 유 장로께서도 그렇게 말씀하시는데 포기하시는 게……"

"유화."

백진설이 심유화의 말을 잘랐다.

부드럽지만 단호한 어조였다.

"채비를 해."

"예? 채비라니요?"

"금왕을 만나야겠다. 따라오도록 해."

심유화의 두 눈이 휘둥그레졌다.

"궁주님! 설마……?"

"지금 바로 가는 편이 낫겠지. 여기는 아래 애들한테 맡겨 둬. 어차피 이런 구석진 산골까지 찾아올 작자도 없겠지만."

"궁주님, 잠시만요!"

백진설은 이미 패도궁 바깥에 서 있었다. 그는 심유화의 말을 들었을 텐데도 거침이 없었다.

따라오지 않으면 그냥 두고 혼자서라도 가겠다는 것처럼.

"젠장!"

심유화는 나직이 욕설을 뱉고는 패도궁 밖으로 몸을 날

렸다.

반각 뒤.

백진설은 이미 기련산을 완전히 벗어난 상태였다.

"잠시만요!"

앙칼진 외침에 절로 미소가 걸렸다. 백진설은 뒤를 돌아보고는 장난스럽게 말했다.

"오늘은 제법 빨리 따라붙었는데?"

가까스로 따라잡은 심유화가 헉헉거리며 숨을 골랐다. 백진설은 그녀가 호흡을 가라앉힐 때까지 가만히 기다려 주었다.

"궁주님! 대체 무슨 생각을 하시는 거예요!"

"알면서 왜 물어? 유 장로가 말하지 않는다면 말해줄 만한 사람을 찾는 게 인지상정이지."

"그래요. 분명히 금왕이라면 천겁마신의 위치를 알아낼지도 모르죠. 하지만 왜 굳이 지금인 거예요? 패도무한공을 대성한 지 며칠도 채 지나지 않았잖아요?"

심유화는 백진설이 말을 자르지 못하도록 급하게 몰아붙였다.

"그래요! 지금 당장 충분할지도 모르죠. 그래도 기왕 싸워서 이길 거라면 조금 더 시간을 들여 차분하게 준비를 하는 편이 낫지 않겠어요? 아무리 궁주님이더라도 이렇게 급하게 굴어선 될 일도 되지 않아요!"

"길기도 하군. 할 말은 그게 끝이야?"

"…그래요."

백진설은 팔짱을 꼈다.

"우선 너나 다른 이들이 오해하고 있는 게 하나 있어."

"오해라고요?"

"난 단순히 천겁마신을 거꾸러뜨렸다는 명성을 얻고 싶은 게 아니야. 내게 있어선 그자를 이기는 것보다도 이기는 과정, 그자와의 싸움 자체가 더 중요해."

"그게 무슨……."

"쉽게 말해 최전성기의 그자를 꺾지 못하는 한 내가 얻을 승리는 진정한 승리가 아니라는 거지."

심유화가 미간을 좁혔다.

"그게 대체 무슨 말씀이세요? 꼭 지금이 아니면 아니라는……."

그녀의 목소리가 절로 잦아들었다. 백진설의 말이 암시하는 바를 깨달은 까닭이었다.

"설마!"

"그래."

백진설은 짤막하게 대꾸했다. 그러나 심유화에겐 그것만

으로는 부족한 듯싶었다.

"천겁마신이 곧 죽을 거란 말씀이세요?"

"아니, 하지만 그의 전성기는 이제 곧 끝을 고할 거야."

그야 그럴 것이다. 그의 나이가 이미 백이십을 넘긴 상태였으니까.

아무리 대단한 무인이라 해도 자연의 섭리를 거스를 수는 없는 법이다. 그것은 반신(半神)의 경지에 이르렀다는 흑도 제일의 무인이라 하더라도 다를 것이 없을 터였다.

'확실히 그는 너무 오랫동안 살아왔어.'

우화등선하여 신선이 된 것도 아니었다.

흔히들 인세를 초월했다느니 하는 식으로 표현하기는 했지만 어찌 됐거나 화무백 역시 한 사람의 인간에 불과했다.

어쩌면 지금 이 순간에도 그가 조금씩 약해져 가고 있을지도 모른다는 생각이 들었다. 세월의 무게는 나이에 비례하는 법이었으니까.

'그래서 궁주님이 싸움을 서두르시는 거구나.'

하지만 여전히 이해가 되지 않는 점이 있었다.

"그렇더라도 이건 너무 무모한 것 아닌가요? 납득이야 가긴 하지만 어쨌든 지금까지 얘기한 것은 전부 궁주님의 추측일 뿐이잖아요?"

"그건 그렇지."

"그렇다면 추측이 빗나갈 수도 있는 거예요. 어쩌면 천겁마신은 생각보다 약해지지 않았을 수도 있고 당연히 지금의 궁주님보다 강할지도 몰라요. 만약 그런 상황인데 함부로 싸움을 걸었다가 그가 궁주님을 제거하려 들면 어쩌려고 그러세요?"

"그자가 나보다 강하다면 죽겠지. 하지만 난 내가 질 거라고 생각하지 않아."

"그 자신감을 뒷받침할 근거는 있는 거고요?"

"물론 있고말고."

백진설은 너무나 당연하다는 어조로 말을 이었다.

"패도무한공은 최강의 무공이니까."

*   *   *

"암천비류공은 최강의 무공이지."

천유신의 목소리엔 흔들림이 없었다.

"아마도 네가 내 반만큼만 따라올 수 있어도 당대에는 대적할 자를 찾기 힘들 거다. 물론 사조이신 암황의 경지에 이르게 되면 천하에 죽이지 못할 자가 없을 테지."

"그 말씀에 이의를 제기할 생각은 없습니다만."

현월은 작게 한숨을 쉬었다.

"분명 다시 볼 일이 없을 거라 하시지 않았습니까?"

"…흠흠."

천유신은 어색하게 헛기침만 연신 뱉어댔다.

그가 현월에게 선언하듯 말했던 것이 벌써 열흘 전의 일.

사실 그 열흘 동안 천유신은 현월 앞에 코빼기도 비치지 않았다.

처음엔 아쉬움을 느꼈던 현월이었으나 차츰 그 아쉬움을 지워갔다.

'타인의 도움에만 의존하려 들어서는 진정으로 강해질 수 없다.'

스스로에게 그렇게 되뇌며 아쉬움을 달랬다. 회귀하기 전의 삶에서도 결국 강해진 것은 자기 자신의 노력을 통해서였으니 이번이라고 다를 것은 없으리란 게 현월의 생각이었다.

그사이 유화란의 아는 동생이란 소저가 여남을 찾았다.

미리 현검문 사람들에게 귀띔해 둔 대로 유화란은 현검문의 제자 중 한 사람으로 취급받고 있었다. 현무량 또한 그녀의 사정을 이해해 주었고 무림맹에서 찾아온 손님을 극진히 대접했다.

그리고 그날 밤에 돌연 천유신이 현월 앞에 나타난 것이었다.

"여기엔 대체 무슨 일로 오신 겁니까?"

"음, 그러니까 말이지······."

천유신은 곤란하다는 듯 연신 끙끙거렸다. 현월로서는 그가 왜 그러는지도 알 수 없었고 딱히 알고 싶지도 않았다.

그렇다고 축객령을 내려 봐야 씨알도 먹히지 않을 터였다.

"수향 있잖아."

"······?"

"몰라?"

현월은 이게 무슨 말인가 하는 얼굴로 천유신을 바라봤다.

모르냐고 묻는다면 그렇지 않다고 대답해야 할 터였다.

유화란을 찾아온 손님의 이름이 임수향이란 것은 현월도 알고 있었으니까.

하지만 그걸 감안하더라도 천유신의 말재주는 한숨이 나올 수준이었다.

'그렇게 말하면 대체 뭐라고 대답하라는 건지.'

현월은 속으로만 투덜거렸다.

그래도 천유신이 그녀에 대해 어찌 아는지, 또한 그녀와 어떤 관계인지 궁금하기는 했다.

"차근차근히 말씀해 보시죠. 일단 선배와 그녀는 어떤 관계인 겁니까?"

"뭐야? 내가 왜 그걸 너한테 말해야 하는데?"

"그럼 할 말 없는 걸로 알겠습니다."

"아니, 그건 아냐. 그러니까 말이지. 내가 네게 부탁할 게 하나 있어서 그런다."

"받아낼 게 있다면 먼저 내줘야 하는 법입니다."

"내가 힘으로 받아내겠다면?"

천유신의 눈에 싸늘한 살기가 감돌았다. 그래도 현월은 지난번처럼 놀라지는 않았다. 이번엔 상황이 꽤나 달랐기 때문이다.

"글쎄요. 그때 어떻게 할지는 임수향 소저에게 물어봐야겠군요."

"…젠장."

천유신이 졌다는 표정을 했다.

"네놈도 꽤나 눈치가 빠른 놈이로구나. 아마도 나랑 수향의 관계에 대해서 짐작하고 있겠지?"

"그 순박하기까지 한 반응을 보면 누구라도 비슷하게 생각할 겁니다."

사랑에 빠진 숫총각이랄까. 천유신의 말투나 하는 짓을 보자면 딱 그런 모습이 연상되었다.

'나이 백이십에 말이지.'

현월로서는 헛웃음이 나올 일이었다.

그래도 천유신은 나름대로 진지한 듯했다.

"나도 알아. 내가 웃기는 짓을 하고 있다는 거. 그래도 이만큼 나이를 먹고 나서야 깨달은 게 하나 있긴 하지. 뭐가 됐든 내 감정을 최우선으로 하여 움직여야 한다는 것 말이야."

"……."

"나와 수향에 대해 알고 싶다 이거지? 좋아. 간단하게 설명해 주마."

천유신은 정말로 간략하게만 사정을 설명했다. 그렇더라도 대략적인 관계 파악은 가능했다.

"그러니까 그녀가 휴가를 간다기에 무작정 따라 나왔다는 겁니까?"

"그래."

"그런데 마음만 앞서서 그녀를 아예 추월해서 먼저 도착해 버렸고요."

"그렇다니까."

"열흘이나 앞서서 말입니까?"

"아, 다 알면서 뭘 자꾸 묻는 건데?"

왈칵 짜증을 내는 천유신이었다. 현월은 그저 어깨만 으쓱일 따름이었다.

"그래서 제가 무엇을 해주길 바라시는 겁니까."

"흠, 내가 갑자기 툭 튀어나오면 수향이 이상하게 생각할 게 뻔하잖아?"

"그게 큰 문제라도 됩니까? 보고 싶어서 쫓아왔다고 하면 될 일인데요."

"수향은 내 정체에 대해 몰라."

"꼭 천겁마신이라는 것을 밝힐 필요는 없는 것 아닙니까. 그녀를 앞질러 오는 것쯤이야 어지간한 고수라면 충분히 가능한 일일 텐데요."

"뭐가 됐든 내가 수향을 속였던 게 되는 거잖아."

"그게 별 대수입니까?"

"내게는 그래."

현월은 미간을 살짝 찡그렸다.

"그래서 제가 무얼 해주길 바라시는 겁니까?"

"음, 적당한 핑계를 만들어줄 수 없을까? 사실은 너와 내가 아주 긴밀한 사이여서 네가 나를 불러서 오게 되었다는 식으로."

"뭐, 그거야 어려울 것 없는 일이긴 합니다만."

그 얘기를 임수향이 믿느냐 하는 것은 또 다른 문제였다.

그리고 현월이 보기에 그녀가 천유신에게 의혹을 품었으면 품었지 반대는 아닐 듯했다.

천유신이 거칠게 머리를 긁어댔다.

"젠장, 더 좋은 방법이 없을까?"

"글쎄요."

"머리 좀 굴려봐. 날 도와준다면 결코 후회는 하지 않게 해

줄 테니.”

“그게 무슨 말씀입니까?”

“젠장! 내가 괜히 암천비류공 얘기를 꺼냈을 것 같으냐?”

“그러니까…….”

현월은 팔짱을 끼었다.

“제가 선배를 돕는다면 선배는 제게 가르침을 베풀겠다, 뭐 그런 얘기인 겁니까?”

“그래! 너로서는 그 무엇보다도 구미가 당기는 이야기일 테지. 안 그러냐?”

“딱히 그 정도는 아닙니다만.”

“허세 부리지 마라. 네놈이 벽에 부딪친 상태라는 것은 누구보다도 내가 잘 알고 있으니까!”

“왜 제가 벽에 부딪쳤을 거라 생각하십니까?”

“나 역시 네놈과 비슷한 상황을 겪었었으니까!”

현월은 어깨를 으쓱였다.

“믿지 않으실 수도 있겠지만 저 역시 한 차례 겪었던 일입니다.”

“회귀하기 전의 삶에서 말이냐? 뭐가 됐든 지금도 고생하고 있다는 거잖아. 그렇다면 내 조언이 천금보다도 귀한 게 사실일 텐데?”

“…부정하진 못하겠군요.”

천유신이 가슴을 탕 쳤다.

"내게 도움을 준다면 나도 네게 도움을 주마. 간단한 얘기다. 그리고 결코 네게 있어서 손해가 되지는 않을 테고."

"……."

현월의 미간이 한층 깊어졌다.

"일단은 몇 가지만 더 묻겠습니다."

10장

오월동주

"으음!"

금왕은 자기도 모르게 자리에서 벌떡 일어났다.

침음을 내뱉는 그의 표정은 참으로 복잡했다.

기쁜 듯하면서도 다소간의 안타까움이 섞여 있는 얼굴.

그의 심중 또한 복잡하다고밖에는 표현할 길이 없는 상태였다.

"패도궁주가 결국 패도무한공을 대성했는가."

평소라면 이러한 식의 서신을 허풍으로 취급했을 것이다.

그러나 그것이 백진설에게서 흘러나온 것이라면 얘기가

달랐다.

백진설은 직접 암류방의 장원을 찾아오겠노라 말하고 있었다.

전서구가 아무리 날래다 한들 그들이 뒤쫓지 못할 수준은 아닐 테니 그들의 방문은 그리 먼 미래의 일이 아닐 듯했다.

'어쩌면 바로 다음 순간에 떡하니 나타날지도.'

금왕의 머릿속이 복잡해졌다. 겨우 무림맹과 혈교의 세력 구도에 암월방을 집어넣는 판세를 짜놓았다고 생각했거늘 백진설의 행보로 인해 모든 것이 무효화되고 말았다.

'다시 처음부터 짜는 수밖에 없는가.'

금왕은 아득한 심정이었다. 그렇다고 해서 기분이 나쁘지는 않았다. 지금의 아득함은 오히려 좋은 쪽에 가까웠다.

그런 금왕의 상념을 깨는 이가 있었다.

제국의 승상 심자청이었다.

"대체 서신이 무슨 내용이기에 그렇게 놀라시는 게요?"

"그것이……."

대답하기 곤란했던 금왕은 그저 빙긋 웃기만 했다. 물론 그 정도에 포기를 할 심자청은 아니었다.

"대단히 충격적인 소식인 것 같소만."

"예, 부정하기는 어려울 듯합니다."

"재미있군. 설마… 그자, 암제라는 애송이와 관련된 이야

기요?"

"그렇지는 않습니다."

"흐음."

심자청은 턱을 쓰다듬었다.

"뭐, 어느 쪽이 되었든 상관은 없겠지. 안 그렇더냐, 척주월?"

"그렇습니다, 승상."

훤칠한 체구의 장년인이 심자청의 곁에 있었다. 그가 바로 승상의 사냥개라 불리는 척주월이었다.

실력은 물론 초일류.

지금의 현월이라도 함부로 승리를 장담할 수 없는 실력자였다.

다시 말해 능히 일성의 패주를 자처할 수 있는 강자라는 의미.

금왕이 내심 점찍어 둔 먹잇감이기도 했다. 현월이라는 아기 새를 살찌울 먹잇감 말이다.

문제는 그 먹잇감의 주인의 성격이 너무 급하다는 것이었다.

심자청은 집으로 돌아가자마자 척주월을 대동하고는 암류방의 장원이 있는 산서성 태원(太原)으로 행차했다.

덕분에 금왕은 내심 골치가 아픈 차였다.

지난 일전이 끝난 지 며칠 되지도 않았는데 또 다른 일전을 치르게 할 수야 없는 노릇이었기 때문이다.

'게다가 이제는 패도궁주까지 행차하겠다고 서신을 보내왔구먼. 참으로 골치가 아프군그래.'

마냥 좋아할 수도 없는 일이지만 그렇다고 마냥 불쾌해할 일도 아니었다.

어쨌든 엄밀히 따져 보면 기쁜 일에 가까웠으니 말이다.

휘이이잉!

돌연 일진광풍이 불었다. 두 사람이 있는 화원의 구조나 기후를 생각하면 도저히 자연적으로 일어날 수 없는 형태의 바람이었다.

'설마?'

금왕은 반사적으로 입구 쪽을 바라봤다.

과연 두 사람의 신형이 흙먼지 너머로 보였다.

몰아치는 바람에 텁텁한 느낌이 담겨 있는 것은 아마도 저 두 사람이 떠나온 곳에서 실려 온 바람이기 때문일 터였다.

"감숙성의 모래바람… 인가?"

"음? 그게 무슨 소리요, 금왕? 저들은 대체 누구요?"

추궁하듯 묻는 심자청이었다. 그의 입지를 감안한다면 그냥 얼버무리기는 어려울 듯했다.

금왕은 두 사람을 소개하기로 했다.

"승상께서는 혹 혈교의 패도궁에 대해 들어보셨습니까?"

"금위 쪽으로 들어오는 정보를 엿본 기억이 나는군. 분명 혈교의 검을 자처하는 세력이라 했던 걸로 기억하오만."

"정확하게 알고 계십니다."

"그렇다면 저들이?"

"예, 저 두 사람이 바로 혈교 패도궁의 궁주와 부궁주입니다."

"호오."

심자청은 새삼스런 눈으로 두 불청객을 살폈다.

백진설에게 걸쳐졌던 시선이 이내 심유화에게로 향했다.

"저 여인이 패도궁의 부궁주란 말이오?"

"그렇습니다."

"악명 높은 곳의 이인자라기엔 너무 청초하군."

"무림이란 토양 위에 피는 꽃은 아름다우면서도 매서운 가시를 지니고 있는 법이지요."

"흐음."

심자청이 고개를 끄덕였다. 뭔가가 내심 마음에 드는 눈치였고 금왕은 그게 아마도 심유화와 관련이 있으리라 생각했다.

성큼성큼 다가온 백진설이 금왕에게 예를 취했다.

"오랜만입니다."

"그렇구면."

"제가 보낸 서신은 받으셨겠지요?"

"조금 전에 받아서 찬찬히 읽던 와중이었네. 한데 이렇게나 빨리 도착할 거라면 서신은 괜히 보낸 듯싶구면."

"유화가 자꾸 보내야 한다고 채근하는 통에."

"허허. 그랬던가?"

금왕의 시선이 자연히 심유화에게로 향했다. 시선을 받은 심유화가 포권지례를 취했다.

"처음 뵙겠습니다, 금왕님. 패도궁의 부궁주 심유화입니다."

"혈교의 미려섬검을 이렇게 만나게 되는구려. 듣던 대로 아름다우면서도 기개가 있어 보입니다."

"궁주님의 결례에 대해선 제가 대신 사과드리겠습니다."

그녀의 말에 백진설이 작게 투덜거렸다.

"결례는 무슨. 안 그렇습니까, 어르신?"

금왕은 빙그레 웃기만 했다.

"흠흠."

곁에 있던 심자청이 나직이 헛기침을 했다. 금왕은 그제야 깨달았다는 듯 심자청을 두 사람에게 소개해 주었다.

"이분은 심 승상이시네. 진설, 자네도 잘 알고 있을 테지?"

"처음 듣는데요."

"궁주님!"

황급히 소리친 심유화가 고개를 조아렸다.

"궁주님의 결례를 대신 사과드립니다. 제국의 승상을 뵙게 되어 영광입니다."

"…흠."

심자청은 담담히 웃었다. 그러나 그 웃음의 한구석에 서릿 발 같은 적개심이 도사리고 있다는 것을 세 사람은 어렵잖게 알 수 있었다.

'자존심이 상했는가.'

금왕은 내심 혀를 찼다.

심자청은 승부욕만큼이나 자존심이 무척 강한 사내였고 그것이 꺾이는 것을 결코 좌시하지 않는 사내이기도 했다.

어찌 보면 소인배라고도 할 수 있는 성격이었는데, 문제는 하필 그런 자가 일국의 승상이라는 점이었다.

"혈교의 패도궁주라. 이 바닥에선 평판이 제법 높은 편이라고 들었지만 지금 보니 약간은 실망이로군."

백진설은 대꾸하지 않았다. 그뿐 아니라 아예 듣는 둥 마는 둥 하는 태도였다.

그것이 심자청의 호승심을 자극했다.

"과연 그 무위가 어느 정도일지 궁금해지는구려, 금왕."

금왕은 대답하지 않았다. 사실 대답할 필요도 없는 것이 백진설이 냉소를 지으며 곧바로 응대했기 때문이다.

"왜요. 칼춤이라도 춰드릴까?"

"궁주님!"

"그놈의 궁주님 소리 귀에 딱지가 앉겠다. 네가 말하지 않더라도 내가 패도궁주인 거 잘 아니까 그만 좀 해."

"저분이 어떤 분인 줄 알고 그러시는 거예요?"

"이 나라의 승상이지. 그런데 그게 뭐 어쨌다고?"

백진설은 느긋하게 팔짱을 끼었다.

"애초에 우리들, 이 나라에 세금 한 푼 내지 않는 불한당 집단 아냐? 그런데 뭐 이제 와서 녹봉 먹는 관리라고 오줌 지릴 필요는 없지."

"…재미있는 소리를 지껄이는 놈이로구나."

그렇게 대꾸하는 심자청의 어조엔 노기가 서려 있었다.

물론 그런 것에 신경을 쓸 백진설은 아니었다. 그는 심자청을 무시하고 금왕을 돌아봤다.

"용건은 서신에 적어두었던 걸로 압니다. 가능한지 아닌지 지금 대답을 들을 수 있겠습니까?"

"아무래도 내 용건이 우선일 듯하군."

심자청이 끼어들었다. 그는 매서운 눈으로 금왕에게 경고했다.

"내 용건이 끝나기 전까지 저놈에게 그 어떤 얘기도 하지 마시오, 금왕."

금왕은 작게 한숨을 쉬었다.

"그렇다고 하시는구나."

백진설은 피식 웃었다.

"용건이 뭔데 그럽니까?"

"아까도 말했지만 잘난 듯 나대는 네놈의 실력을 이 두 눈으로 확인해 봐야겠다."

"정말로 칼춤을 추라는 소립니까?"

"그럴 필요는 없다! 네 실력을 측정하는 건 여기 척주월이 할 일이니 말이다!"

심자청의 호명을 받은 척주월이 한 걸음 앞으로 나섰다.

체구부터가 백진설과는 상당한 차이가 났는데, 키만 해도 거의 머리 하나쯤 차이가 날 지경이었다.

척주월을 위아래로 훑은 백진설이 중얼거렸다.

"제법이군. 노력깨나 했겠는걸."

"여유작작하구나. 언제까지 잘난 척 떠들 수 있을지 봐주마."

표독스럽게 중얼거린 심자청이 눈짓을 했다. 척주월은 고개를 끄덕이고는 백진설에게 말했다.

"비무대로 따라와라."

　　　　*　　　*　　　*

임수향은 미소 띤 얼굴로 말했다.

"환대에 거듭 감사드려요, 현 소저."

"뭘요. 저희 현검문의 손님이신데 이 정도는 당연한 일이죠."

현유린도 웃는 낯으로 대꾸했다.

"게다가 화란 언니의 친동생과도 같은 분이시라니 제게 있어서도 언니라 할 수 있을 텐데요. 이런 일로 고마워하시지 않아도 돼요."

"그래도……."

"이곳에 있는 동안만이라도 우리 집이라고 생각하셨으면 좋겠어요."

"현 소저……."

임수향은 감동한 눈으로 현유린을 바라봤다. 그런 임수향의 뒤편에서는 감사의 눈길을 보내고 있는 유화란이 있었다.

현유린은 빙긋 웃고는 말을 이었다.

"어떠세요? 따로 일이 없으시면 여남의 거리나 소개시켜 드릴까 하는데요."

"그러면 저야 감사하죠!"

"그럼 같이 가요. 맛난 객잔도 몇 군데 알아뒀어요. 화란 언니도 같이 가실 거죠?"

"응? 으응."

"좋아요. 그럼 지금 바로 가요, 우리."

세 여인은 도란도란 얘기를 나누며 장원 밖으로 걸어갔다.

약간의 시간이 흐르고 그녀들이 사라진 자리에서 슬쩍 고개를 내미는 사내가 있었다.

그는 물론 천유신이었다.

"음, 별문제는 없어 보이는군."

"있는 게 이상한 겁니다."

바로 옆에서 현월이 대꾸했다. 천유신은 못마땅한 눈으로 그를 흘겨봤다.

"너야말로 이상한 소리를 하는군. 나도 제법 많은 곳을 쏘다녀 보았다만 이곳처럼 기이한 도시는 처음이다."

"뭐가 기이하다는 겁니까?"

"돈 뜯어먹을 잔챙이들이 너무 없어."

"그건 좋은 거죠."

"흥, 보아하니 흑도 세력들을 공포로 다스리고 있는 모양인데 그렇게 가다가 언젠가는 놈들도 폭발하게 될 거다."

"상관없습니다."

현월의 어조엔 흔들림이 없었다. 다소간의 반발쯤은 강하게 밀어붙이겠다는 의지가 투영된 듯한 대꾸였다.

"뭐, 내 알 바는 아니지."

천유신은 나직이 중얼거렸다.

그의 목적은 애초부터 단순했다. 임수향을 따라와서 그녀의 안위를 확인하고 되도록 그녀와 가까운 곳에 있는 것.

이는 소박하다 못해 기이할 정도였다. 기껏 따라와서는 한다는 것이 여전히 빈둥대면서 그녀의 모습을 지켜보는 것이라니.

"그러면 그냥 그녀 모르게 숨어서 지켜보면 될 일 아닙니까?"

기가 막힌 현월이 그렇게 반문하니 천유신은 대답하기 곤란한 듯 한참 동안 전전긍긍했다.

하지만 그 말미에는 제법 진지한 태도로 현월을 협박하기까지 했다.

"내 말이 좀 이상하게 들릴지도 몰라. 그렇다고 비웃거나 미친놈 쳐다보듯 한다면 가만두지 않겠다."

"…뭐가 됐든 말씀이나 해보시죠."

"후우. 좋다. 난 그 녀석의 잔소리가 듣고 싶어."

현월은 순간 멍해졌다.

"예?"

"수향의 목소리를 듣고 싶다고. 그 녀석이 어떤 형태로든 내게 말을 걸고 내 말에 반응하는 모습을 보고 싶다. 내가 바라는 건 그게 전부야."

"……."

현월은 할 말을 잃은 눈으로 천유신을 바라봤다.

최대한 좋게 생각한다면 지고지순한 태도라 할 수 있을 것이다.

손만 잡고 자겠다는 것도 아니고, 그저 그녀와 이야기를 나누고 싶을 따름이라니.

"정말 문자 그대로의 순정이군요."

"너 이 자식, 지금 비꼬는 거지?"

"그럴 리가 있겠습니까?"

"뭐 어쨌든… 날 도와줄 수 있겠지?"

"어려운 일은 아닌 듯하니……."

그리하여 기묘한 동맹이 맺어졌다.

암천비류공이란 이름으로 얽혀 있는, 그러나 그 알맹이를 살펴보면 참으로 이상하다고밖엔 말할 수 없는 관계였다.

어찌 보면 오월동주라고 할 수도 있을 터였다.

"그래서 네가 생각한 계획은 뭔데?"

천유신의 물음에 현월은 간단히 대답했다.

"이런 걸 잘 생각할 만한 자를 주선하는 겁니다."

"그런 녀석이 주변에 있어?"

"아마도 그럴 것 같은데요."

"뭐야, 그 대답은?"

"일단 따라오시죠. 설명하는 것보단 그게 빠를 테니."

*　　　*　　　*

암류방의 비무대에는 격자 모양의 홈이 촘촘하게 파여 있었다.

때문에 바로 위에서 내려다본다면 그 모양이 꼭 바둑판을 연상케 한다는 것을 알 수 있을 터였다.

더군다나 그 홈을 따라 먹물 같은 것이 흐르기라도 한다면 영락없는 바둑판의 격자가 나타날 터였다.

지금 상황이 꼭 그러했다.

피로 만들어진 격자 위.

백진설은 대수롭지 않다는 태도로 서 있었다.

"이, 이럴 수가……!"

심자청은 망연자실한 표정이었다. 그의 시선은 비무대 위에 처참히 널브러져 있는 척주월에게 고정되어 있는 상태였다.

금왕은 작게 한숨을 쉬었다.

"결국 저질러 버렸구먼."

백진설은 초주검이 된 척주월을 집어서는 비무대 아래로 내던졌다.

처참하기 짝이 없는 그 모습에 심자청이 이를 갈았다.

"네놈······!"

"그래도 실력은 제법 있는 편이었소. 다만 문제라면 상대방의 역량을 파악하지 못한 안목과 생각이라고는 없는 주인을 만났다는 점이겠지."

"뭣이 어째!"

심자청이 의자를 박차고 일어났다. 백진설은 그러거나 말거나 금왕에게 말을 건네고 있었다.

"저 작자, 시끄러운데 그냥 없애 버리면 안 됩니까?"

"그런 일일랑 꿈도 꾸지 말거라."

"아쉽군요. 뭐, 어르신 부탁이니 내가 넘어가야지요."

"네놈!"

심자청이 충혈된 눈으로 금왕을 돌아봤다.

"금왕! 저 개자식을 당장 쳐 죽이시오!"

"승상, 너무 흥분하신 듯싶습니다."

"지금 흥분하지 않게 생겼소? 예의라고는 없는 저놈의 언변은 곧 국가에 대한 반역과 다름이 없소! 감히 강호의 무지렁이 따위가 이 심자청에게 뭐라 지껄였는지 보란 말이오!"

"승상, 그에게는 제가 따로 주의를 주겠습니다."

"아니, 말 따위는 필요 없소! 나는 놈이 죽는 꼴을 이 두 눈으로 보고 싶소! 지금 당장 암류방의 모든 전력을 동원하여 놈을 토막 치시오!"

심자청이 그렇게까지 나오니 금왕도 불쾌감을 더 숨기지 못했다.

"승상, 그것이 암류방의 원칙에 위배된다는 것은 잘 알고 계시리라 봅니다만."

"그래서! 지금 내 말을 듣지 않겠다는 것인가?"

"암류방의 철칙은 절대 불변한 것입니다."

"개소리! 그 무엇도 국가보다 위에 존재할 수는 없는 법이다!"

"그리고 승상께서는 국가가 아니시지요."

금왕의 어조는 부드럽고 차분했다.

그러나 그 말을 듣는 심자청은 뱃속의 열불이 한층 거대해지는 기분이었다.

"내가 곧 국가다!"

"그건 말도 안 되는 소리입니다, 승상."

금왕의 어조는 나직하면서도 단호했다. 심자청은 다시 한 번 호통을 치려 했으나 금왕의 눈빛을 보고는 마음을 뒤집었다.

"지금 승상께서는 제게 불가능한 요구를 하고 계십니다."

"으음……."

심자청은 침음을 흘렸다. 그 또한 천하에 무서울 게 없다고 자부하는 인물이었지만 눈앞의 노인만큼은 예외라 할 수 있었다.

"일단은 숙소로 돌아가셔서 마음을 진정시킨 후에 다시 얘기를 나누도록 하지요."

"……."

"아시겠습니까, 승상?"

"아, 알겠소."

금왕은 수하들을 시켜 주변을 정리하게 했다.

심자청이 수하들에게 이끌리다시피 하여 물러난 후 금왕은 비로소 백진설에게 본론을 꺼낼 수 있었다.

"그래, 천겹마신과 결판을 내고 싶다는 건가?"

"그렇습니다."

"자네가 부쩍 강해졌다는 건 척 봐도 알겠더군. 이젠 정말 흑도제일인이라 자부해도 함부로 토를 달 자가 없을 것 같구먼."

"하지만 아예 없는 것은 아니지요."

백진설은 의미심장한 미소를 지었다.

"그런 자들 모두의 입을 다물게 만드는 것이 제 목표입니다."

"그래서 기어코 싸워야겠다는 말이더냐? 다른 이도 아닌 저 화무백과?"

"예, 아마도 그게 숙명이지 않을까 싶습니다."

"숙명이라……."

금왕은 운명이나 숙명 같은 것을 딱히 믿지 않았다. 하지만 이번만큼은 뭔가 거대한 이끌림 같은 것이 그들을 인도하고 있다는 생각이 들었다.

'이제는 나로서도 판세의 변화를 조율하기 힘들 듯하구나.'

잠시 침묵하던 금왕이 솔직하게 말했다.

"지금으로썬 나 또한 화무백의 거취에 대해 알지 못하네. 아마 그걸 확실히 알 만한 자는 유설태일 거라 생각하네만."

"이미 부탁해 봤습니다. 말해주지 못하겠다더군요."

"흐음, 그랬던가?"

"예, 그래서 어르신을 찾아온 겁니다. 차마 유 장로를 겁박해서 억지로 알아낼 수는 없는 노릇이니까요."

"그런가. 그렇다면 내게 맡겨주게. 약간의 시간만 주어진다면 필시 그자의 거취를 알아낼 수 있을 거라고 생각하네."

백진설은 고개를 끄덕였다.

"그럼 부탁 좀 드리겠습니다."

11장

수련

 "어, 그러니까……."

 제갈윤이 더듬더듬 말했다.

 "어떻게 해야 그 임 소저라는 분이 이상하게 여기지 않게 끔 모습을 드러낼 수 있겠느냐, 그걸 물으시려는 겁니까?"

 "그래."

 제갈윤은 모르겠다는 얼굴로 천유신을 바라봤다.

 "그냥 앞에 떡하니 나서면 될 일 아닙니까?"

 "젠장, 그러기 애매하니까 네놈더러 묻는 것 아니냐? 이거 정말 똑똑한 놈 맞아?"

제갈윤은 기분이 살짝 상했다.

그래도 초면인데 반말은 기본이고 폭언까지 서슴없이 찍 찍 뱉어대다니.

물론 그 불만을 겉으로 드러내진 않았다. 그랬다가는 뒷감 당을 할 수 없을 것이기 때문이었다.

'약한 내가 참아야지.'

마음속에 참을 인을 세 번 그린 다음 제갈윤이 침착하게 말 했다.

"이게 어떻겠습니까? 사실 천 소협의 고향이 이곳, 여남이 었던 겁니다. 그래서 무사관이 폐쇄된 김에 고향을 찾았다 가……."

"이미 내 고향 다른 데라고 얘기해 뒀어."

"그러면 역시 그녀가 걱정되어서 뒤쫓아 왔다고 솔직하게 말하는 게……."

"내 성격이랑 안 어울려. 이상하게 생각할 거야."

"……."

제갈윤은 다 때려치우고 싶어졌다. 이게 다 뭐하는 짓이란 말인가?

그때 침묵을 지키고 있던 서아현이 입을 열었다.

"근데 꼭 그래야 할 필요가 있는 거예요?"

"뭐야?"

"듣자 하니 임 소저라는 분의 휴가는 길어야 한 달이라면서요? 그리고 보아하니 이미 벌써 그중 열흘 이상이 지나 버렸고요."

"그렇지. 그런데?"

"돌아가는 기간까지 감안한다면 그녀가 여기에 있을 기간은 길어야 열흘이고 어쩌면 그보다 짧을 수도 있어요. 그런데 그 정도도 참지 못하는 거예요?"

"……."

천유신은 바보가 된 기분이었다.

"생각해 보니 그렇군. 이미 벌써 절반 가까이를 참고 넘긴 거나 마찬가지잖아?"

"애초에 그녀를 뒤따라 온 것부터가 너무 자기 자신만 생각한 것 아니에요? 두 사람이 어떤 관계인지는 자세히 알지 못하지만 임 소저라는 분에게도 자기만의 시간이 필요하다고 보는데요."

"음……."

"그런 것까지 이해하고 배려해 줄 수 있는 게 정말로 지순한 마음이라 할 수 있을 거예요."

천유신은 볼을 붉적였다.

"네 말이 맞는 것 같다. 내가 너무 내 생각만 했던 것 같군."

생각해 보니 새삼 부끄러워지는 일이었다.

유설태에게서 휴가증을 뜯어낼 때부터 그랬다. 일단 막무가내로 쳐들어가서는 자신의 요구 사항을 들어달라고 생떼를 부린 것이나 다름없었다.

물론 그로 인해 다른 이들이 어떤 피해를 받고 얼마나 기분을 잡칠지 따위는 천유신이 알 바가 아니었다. 그들의 속마음 따위야 그가 신경 쓸 계제가 아니었으니 말이다.

하지만 임수향이 대상이라면 얘기가 달랐다.

그녀는 천유신이 선택한 여자였고 그렇기에 존중받을 권리가 있었다.

그런데 천유신 본인이 그 권리를 깨려고 든 것이다. 그저 자신의 욕심만으로.

"내가 그동안 잘못 생각하고 있었던 것 같다."

천유신은 홀가분하게 자신의 잘못을 인정했다. 덕분에 현월로서는 맥이 탁 풀리는 기분이었다.

"그럼 이제 어쩌시렵니까?"

"혹시나 수향에게 무슨 일이 생길지도 모르니 당분간은 여기에 머무르며 지켜볼 생각이다. 이제 와서 무림맹으로 훌쩍 떠나기엔 걱정도 좀 되고."

"……."

"암천비류공 건에 대해서는 걱정할 것 없다. 약속은 약속이니까."

이것을 다행이라 해야 할까?

그것까진 알 수 없는 현월이었기에 내심 불안감을 느낄 수밖에 없었다.

'천겁마신 때문에 또 다른 파리가 꼬이지는 않을까 걱정이군.'

＊　　　＊　　　＊

내상에서 완전히 회복된 흑련의 눈에 들어온 것은 기이한 광경이었다.

그녀는 현월이 누군가에게 지도를 받는 모습을 상상해 본 적이 없었다.

그런데 그 생각 한 번 해보지 못했던 광경이 눈앞에서 펼쳐지고 있었다.

"넌 내력을 끌어올릴 때 호흡을 지나치게 짧게 끊는 경향이 있다. 그렇게 해서는 정순한 기운을 정제할 수 없어. 호흡은 언제나 최대한 부드럽고 길게 이어지게끔 만들어야 한다."

"찌르기를 시도할 때가 아니면 검병을 비틀려고 들지 마. 검이 지닌 예리함을 반감시키는 행위다."

"어둠 속에서 한없이 강해질 수 있는 게 암천비류공의 공능이지만 그것을 달리 말하면 빛 속에서는 약해질 수밖에 없다는 뜻이다. 그렇기에 네 전력은 어둠이 아닌 빛을 접하고 있을 때를 기준으로 잡아야만 한다. 어둠 속에서의 공능은 엄밀히 말하면 깜짝 선물과 같은 것이니까."

현월과 비슷한 또래로 보이는 청년이었다.

그런 청년이 연신 현월에게 조언을 쏟아내는 중이었다.

그리고 현월은 그 조언에 진지하게 귀를 기울이고 있었다.

"뭐가 어떻게 된 일이에요?"

"흠, 그러니까 말이죠."

서아현은 자신이 알고 있는 대로 흑련에게 설명해 주었다. 이야기를 모두 들은 흑련은 깜짝 놀랐다.

"저자가 바로 그 천겁마신 화무백이라고요?"

"그렇다는 거예요. 저도 처음 들었을 땐 믿지 못했어요. 그런데 하는 짓을 보니까… 어느 정도 납득이 가더라고요."

"그가 싸우는 것을 목도했나요?"

"아뇨, 그건 아닌데 확실히 사람이 좀 이상한 구석이 많던데요? 은거 고수라든지 뭐 그런 사람들 중에 정신이 나간 사람들이 많잖아요? 딱 그런 부류인 것 같더라고요."

"그래요……?"

흑련은 현월을 재차 바라봤다.

그는 오늘 처음 검을 잡은 애송이처럼 기본적인 베기 동작을 반복하고 있었다.

"언제나 가장 중요한 것은 필살기가 아니라 기본기다. 기본기가 강한 자가 임기응변에도 강한 것이 현실이야. 그러니 기초부터 다시 다듬어라. 내가 보기에 아직 네 녀석은 멀었어!"

"……."

흑련은 고개를 설레설레 저었다.

'어쨌든 금왕께 보고는 드려둬야겠어.'

*　　*　　*

"으음……."

금왕은 난감한 얼굴로 서신을 바라봤다.

이런 것이야말로 운명의 장난이 아닐까? 마치 처음부터 맞춰두기라도 했던 것처럼 상황이 딱딱 맞아떨어져 가다니 말이다.

서신은 여남으로부터 온 것이었다.

흑련의 보고였고, 담겨 있는 내용은 금왕이 그토록 찾던 것이었다.

아니, 엄밀히 말해 그가 아닌 백진설이 애타게 찾는 것이라 해야 옳을 터였다.

"말하지 않을 수는… 없을 것 같군."

금왕은 땅이 꺼져라 한숨을 토했다. 아마도 자신이 숨기려 든다 해도 백진설은 태도나 말투 등에서 위화감을 감지해 낼 터였다.

"어쩔 수 없는가."

금왕은 마침내 결심했다.

일단은 서신을 불살라서 없애 버렸다. 그런 다음 백진설을 호출했다.

"천겁마신의 위치를 알아냈네."

"정말입니까?"

"이 금왕이 이런 일로 거짓말을 할 거라고 생각하는가?"

"아뇨, 그래도 생각한 것보다 너무 빨리 찾았다는 느낌이 드는데요. 설마 이런 일이 있을 줄 알고 미리 대비를 해놓은 겁니까?"

"그렇지는 않네. 솔직히 말하자면 운이 좋았다고밖엔 말 못 하겠군."

"뭐, 상관없겠죠. 저야 그자의 위치만 알면 될 일입니다."

금왕은 내심 심호흡을 했다. 어찌 보면 지금부터가 진정한 용건이라 할 수 있었다.

"지금 당장은 말해줄 수 없네."

"……"

백진설은 미간을 구겼다.

"저를 상대로 정보를 은폐하려 해봐야 소용은 없을 텐데요."

"정보를 은폐하고자 함이 아니야. 다만 방식을 조금 바꾸자는 것이지."

"방식을 말입니까?"

고개를 끄덕인 금왕이 설명했다.

"이 일전은 자네에게도 중요한 것이지만 이제는 내게도 중요한 게 되었네. 다른 누구도 아닌 흑도 서열 일 위와 이 위의 대결이지 않은가."

"이번만큼은 암류방의 광대 노릇을 하고 싶지는 않습니다만."

"암류방이 아닐세. 나 자신이 두 사람 사이의 결착을 확인하고 싶을 따름이야."

"……"

백진설은 팔짱을 꼈다.

"하시고자 하는 말씀이 뭡니까?"

"간단하네. 내가 천겹마신을 불러들이겠네. 그러면 자네는 그자와 대결을 펼치면 되네."

"찾아갈 게 아니라 기다리라는 거군요. 하지만 왜 그래야

합니까? 차라리 저와 함께 그자를 찾아가는 쪽이 나을 텐데요."

"그건……."

금왕은 잠시 주저했다.

여남에 대해 설명하려면 필연적으로 현월에 대해서도 얘기할 수밖에 없을 터.

하지만 그는 이미 오래전에 현월과 약조를 한 터였다. 무슨 일이 있어도 암제에 대한 정보를 퍼뜨리지 않겠다고 말이다.

그 약속은 지금까지도 유효한 상태였다.

"이유에 대해서는 묻지 말게. 다만 중요한 이유란 것만 알아두게."

"내 목적보다도 중요합니까?"

"내게 있어서는 그렇다네."

백진설은 불쾌한 기색을 구태여 숨기지 않았다. 그래도 싫다는 말을 꺼내진 않는 것을 보니 다행이란 생각이 드는 금왕이었다.

"그럼 저는 얼마나 기다려야 합니까?"

"오래 기다리지 않아도 된다고 말하고는 싶네만 그건 거짓말이겠지. 우선은 천겁마신도 설득해야 할 테고."

"설득에 실패하면 그자의 위치를 말씀해 주십시오. 제가 직접 찾아갈 겁니다."

"그러겠네."

*　　　*　　　*

며칠이 지난 시점.

흑련은 되돌아온 서신의 내용에 당황할 수밖에 없었다.

그녀는 급히 현월을 찾아서는 서신을 보여주었다.

"…이게 무슨 소리입니까?"

서신에는 금왕이 직접 여남으로 찾아올 것이며 그러는 동안 화무백의 발을 붙잡아두라는 내용이 쓰여 있었다.

발을 붙들어두는 게 불가능하다면 최소한 그가 향하는 위치를 파악해 두라고도 쓰여 있었다.

금왕이 화무백, 곧 천유신에 대해 알아버린 것이다.

그리고 그 이유야 뻔한 것이었다.

"그에게 보고를 올렸던 겁니까?"

"…죄송해요."

흑련은 두 눈을 내리깐 채 대답했다.

현월은 주변인들에게 분명히 당부해 두었다.

천유신의 신경을 거슬리게 할 그 어떤 행동도 하지 말라고 말이다.

그러한 당부에는 물론 정보를 누설하지 말라는 뜻 또한 포함되어 있었다.

그런데 흑련이 그 사실을 금왕에게 보고해 버린 것이다.

그게 어떤 후폭풍을 불러올지 뻔히 알면서도.

'하지만⋯⋯.'

현월 또한 어느 정도는 예측한 바였다. 흑련과 금왕과의 관계야 아예 몰랐던 것도 아니었고.

게다가 금왕이 온다고 해 봐야 천겹마신이 훌쩍 떠나 버렸다고 말하고 나면 끝이었다. 때마침 임수향이 떠날 때가 다 되었기에 조만간 천유신 또한 여남을 떠나게 될 터였다.

"금왕은 언제쯤 온답니까?"

"그것까진 모르겠어요. 마음만 먹는다면 내일 당장에라도 이곳으로 달려오실 수 있는 분이니⋯⋯."

필요하다면 천 리를 내달리는 무림인의 등에 업혀서라도 달려올 자가 금왕이었다.

"금왕이 이곳으로 온다는 말이지?"

갑작스러운 목소리에 흑련은 흠칫 놀랐다. 다른 누군가의 낌새조차 눈치챌 수 없었던 까닭이다.

현월은 그녀만큼 놀라진 않았지만 역시나 제삼자의 기척을 감지해 내지는 못했다.

스르륵.

천장의 일부가 녹아내리는가 싶더니 이내 천유신의 신형

으로 화하여서는 바닥으로 내려섰다.

"언제부터 거기 계셨던 겁니까?"

"조금 전에 문 따고 들어왔는데?"

"……."

"암천비류공의 은밀기동은 빤히 두 눈 다 뜨고 있는 사람
조차 속여 넘길 수 있지. 물론 이 몸처럼 대성하였을 경우에
한정되지만 말이야."

'또 잘난 척이로군.'

현월은 속으로만 중얼거렸다.

그래도 내심 천유신에겐 고마운 마음이 컸다. 이러나저러
나 그의 도움을 통해 지난 며칠 동안 상당한 성장을 이룰 수
있었다.

지금의 현월이라면 당당히 말할 수 있었다. 전성기 시절의
실력 대부분을 회복했노라고.

'그런데도 선배의 기척을 감지하는 것조차 쉽지 않지
만……'

사실 이건 실력 차 자체가 압도적으로 크기 때문만은 아니
었다. 암천비류공 자체가 원체 은잠술과 궁합이 맞기 때문이
라 봐야 했다.

아마 현월 자신이 기척을 죽이고 은신하더라도 천유신 또
한 기척을 파악하기 위해 꽤나 고생해야 할 것이었다.

'뭐, 그렇더라도 실력의 차이는 완연하지만.'

천유신은 과연 흑도제일인을 자처할 만한 실력자였다. 말하는 것이나 성격, 태도를 봐서는 도저히 강자의 격 같은 게 느껴지지 않았지만 말이다.

"어쨌든……."

천유신이 흑련을 돌아봤다.

"앞서 하던 얘기, 좀 더 설명을 듣고 싶은데. 금왕이 나를 만나러 이곳으로 오고 있다는 건가?"

"그렇습니다."

"그자는 날 만나서 뭘 하려는 건데?"

"아마도… 비무에 초청하고자 함이 아닐까 싶어요."

"비무라고?"

"네, 암류방에 대해 아시는지는 모르겠지만요."

"대강은 알고 있지. 한데 내가 그 장난거리에 끼어들었다간 암류방이 망해 버릴지도 모르는데. 모름지기 싸움이란 밀고 당기는 맛이 있어야 하는 거잖아? 근데 난 완급 조절 따위는 모르거든."

"그 점에 대해선 금왕께서도 알고 계실 거예요. 그럼에도 불구하고 귀하를 만나고자 하시는 거고요."

"하지만 한발 늦었군. 수향이 떠나고 나면 나도 이곳에 미련이 없으니까."

"서안으로 돌아가는 겁니까?"

현월의 물음에 천유신은 고개를 끄덕였다.

"당연하지. 네 녀석 얼굴도 슬슬 질리니 내 집으로 돌아갈 생각이다."

"짧은 시간이었지만 고마웠습니다, 선배."

"마음에도 없는 소리를 하는군. 그래도 네 녀석의 태도엔 조금 놀랐다. 그 정도 경지에 이른 무인에게 기초부터 다시 단련하라는 건 모욕이나 다름없을 텐데 네 녀석은 묵묵히 따르더군."

"필요한 일이었으니까요. 게다가 기본기만 단련한 것도 아니기도 하고."

"흠, 수향도 이번 휴가에 꽤나 만족을 한 모양이야. 무사관으로 돌아가더라도 당분간은 잔소리가 심하지 않을 것 같다."

"그건 다행이라 해야 하는 겁니까?"

"당연하지. 그렇다고 아예 아무 말도 하지 않는 것도 문제겠지만."

거기까지 말한 천유신이 흑련을 돌아봤다.

"그런 고로 미안하지만 금왕과 만날 생각은 없어. 난 귀찮은 일에 휘말리는 건 질색이니까."

"……"

"설마 날 저지하려는 생각 따위를 하고 있는 건 아니겠지? 어차피 소용없을 테니 그런 생각일랑 관두는 게 좋을 거야."

"그런 생각 따윈 하지 않습니다."

흑련은 나직이 한숨을 쉬었다.

"그렇더라도 최소한 그분과 대화 정도는 해서 나쁠 게 없을 텐데요."

"글쎄, 그것에 대해 판단하는 건 네가 할 일이 아닌 것 같군."

"……."

"뭐, 그래도 모르는 일이지. 수향이 여길 떠나기 전에 그자가 도착한다면 얼굴 정도는 봐줄 수 있을지도."

천유신은 대수롭지 않다는 듯 말했다.

그러나 그는 얼마 지나지 않아 후회하게 되었다.

금왕이 기어코 이틀 만에 여남에 도착해 버린 것이었다.

암류방 최고의 경공술을 지닌 무인의 등에 업힌 채 쉬지 않고 달려온 결과였다.

"이런 빌어먹을."

소식을 들은 천유신은 오만상을 찌푸렸다.

물론 그가 약속을 어긴다 하여 감히 비난하거나 폭언을 할 사람 따위는 있을 수 없었다. 하지만 그 일이 차후에도 마음에 걸릴 것임은 분명했다.

게다가 그 또한 약간이지만 금왕이란 자에 대해 호기심을 지니고 있었다.

회담은 마을 어귀의 동구나무 아래에서 이루어졌다.

"금왕이라 합니다."

금왕은 깍듯한 태도로 예를 취했다. 천유신, 아니, 화무백의 연령을 생각해 보면 지극히 당연한 모습이라 할 수 있었다.

"음, 천유신이다. 네게는 화무백이란 이름이 더 익숙하겠지만."

"어느 쪽으로 불러 드려야 편하실는지요?"

"그냥 입에 착 맞는 이름으로 불러. 다만 부탁이니 그놈의 천겁마신 타령은 안 했으면 좋겠군."

"알겠습니다."

"그래, 나를 찾은 건 무슨 이유 때문이지?"

단도직입적인 질문에 금왕은 미소를 지었다.

"아실지 모르겠습니다만 제가 맡고 있는 일은……."

"중원의 무림인 놈들을 긁어모아 투계장(鬪鷄場)을 만드는 것이겠지. 싸움닭 대신 무림인들을 싸우게 하고 너는 중간에 돈을 챙기고 말이야."

"그렇습니다. 때문에 많은 이들로부터 수전노라는 비난을 듣고 있지요."

"네가 듣는 비난이 비단 수전노 하나만은 아닐 거라고 생각하는데."

"예, 사실 수전노 외에도 수많은 종류의 비난과 욕설을 듣는 입장입니다."

"자업자득이지."

날이 서 있는 태도에도 금왕은 불쾌하게 여기지 않았다.

그는 그저 엷은 미소를 입가에 띠고 있을 따름이었다.

"사담을 싫어하시는 성격이신 듯하니 곧바로 본론으로 들어가겠습니다."

"그래."

매무새를 바로 한 금왕이 넌지시 물었다.

"혹 선배께서는 패도무한공에 대해 알고 계십니까?"

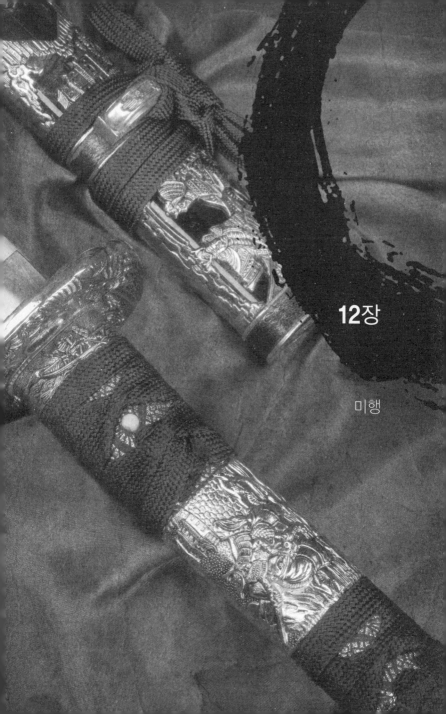

12장

미행

흑도 무림의 태산북두이던 천마신교가 무너진 혼란의 시기.

대호가 사라진 산중에 늑대 떼가 들끓듯 무림은 마교가 존재하던 때를 능가하는 혼돈에 빠져 있었다. 이러한 결과에 흑도인들뿐 아니라 백도 무림 역시 크나큰 낭패감을 느끼던 차였다.

그때 훗날 혈마, 혹은 혈무진왕이라 불리게 되는 사내가 분연히 일어났다.

그는 강력한 힘과 지도력으로 혼돈에 빠진 흑도를 규합

했다.

수많은 무인이 그 힘에 매료되어 뒤를 따랐고 각 도시의 암흑가 역시 그 앞에 고개를 조아렸다.

우습게도 백도 무림은 혈교의 파죽지세를 막으려 들지 않았다.

그럴 수밖에 없었다. 혈교는 강력한 악인들의 집단이지만 역설적이게도 그렇기에 자잘한 악인들을 통제하는 역할을 했으니까.

결과적으로 마교라는 이름이 혈교라는 이름으로 바뀌었을 뿐 변한 것은 없었다.

물론 그마저도 오랜 과거의 이야기일 뿐이고 지금은 혈교가 무림맹에 밀려 잠시 숨을 고르는 시기라 할 수 있었다.

"패도무한공은 그 혈무진왕의 무공이었지."

혈교의 사조.

당대에 뒤따를 자가 없었다는 천하제일인.

"그리고 암천비류공은 혈무진왕의 지기이자 오른팔인 암황의 무공이었고."

혈마와 암황.

혈교라는 거대 집단의 시작은 달랑 그 두 사람뿐이었다.

그러나 그 둘의 힘은 십 년이 채 되지 않는 짧은 기간 동안 무려 십만에 육박하는 교도와 무인들을 끌어모으게 된다.

흑도인들에게 있어 그들은 마치 건국신화의 주인공과 같
은 자들이었다.

　　압도적인 무력과 권위를 갖춘 존재들.

　　"애초에 패도궁부터가 그 이름을 이어받은 파벌이지. 그러
고 보니 거기 궁주라는 애송이가 패도무한공을 익힌다는 얘
기를 얼핏 들었던 기억이 난다."

　　금왕은 바싹 마른 입술을 혀로 핥았다.

　　"그 패도궁주 백진설 때문에 선배님을 찾아뵙게 되었습니
다."

　　"아, 그래, 이제야 기억나는군. 백가 꼬맹이였어. 지금쯤은
똥오줌 정도는 가릴 나이가 되었겠군."

　　"그가 선배님께 도전하겠다고 저를 찾아왔습니다."

　　"여전히 똥오줌 못 가리는 모양이군."

　　천유신은 싱글싱글 웃고 있었다. 그러나 금왕은 숨통이 조
이는 듯한 느낌을 받았다.

　　"그래서 너는 그 똥오줌 못 가리는 천둥벌거숭이의 서슬에
놀라서 이 몸을 찾아왔다는 말이냐?"

　　"그것이 아니오라……."

　　"너에 대해선 들은 바가 있지. 황제보다도 많은 금은보화를
축재했으며 그 영향력 또한 중원 제일이라던가? 막대한 금력과
인맥을 동원해 강호무림을 배후에서 조종하는 실세라더군."

천유신의 눈이 번뜩였다.

"하지만 네가 지닌 그 모든 게 지금 내 앞에서 통용되리라 생각하나?"

"……"

금왕은 도저히 그렇다고 대답할 엄두가 나지 않았다.

소수는 다수를 이길 수 없으며 개인은 집단을 이길 수 없다.

그것이 세간의 상식이며 사람들이 흔히 말하곤 하는 현실이었다.

그러나 어디에나 예외는 있는 법이었고 그 예외 중에서도 가장 지독하다 할 수 있는 예외가 지금 금왕의 앞에 존재했다.

홀로 다수를 부숴 버릴 수 있으며 개인으로서 집단을 무릎 꿇릴 수 있는 존재.

천하제일인에 가장 근접했다는 무인.

그 앞에선 금왕이 지닌 그 어떤 것조차 도움이 되지 않았다.

"통용되지 않을 것입니다."

한참 헐떡이던 금왕이 힘겹게 대답했다. 천유신은 그제야 혀를 차며 살기를 거두었다.

"그러니까 쓸데없는 짓 좀 하지 말라고. 네놈이고 유설태고 왜 꼭 귀찮다는 사람을 못 잡아먹어 안달인지 모르겠단 말이야."

"죄송합니다."

호호백발의 노인이 말끔한 청년에게 고개를 조아리는 광경이었다.

천유신은 나직이 혀를 찼다.

"모르는 놈이 보면 날 개자식이라고 생각하겠군. 증조뻘 되는 노인네한테 사과나 받고 있으니."

"죄, 죄송합니다."

"그만하라니까. 어쨌든 백가 꼬맹이한테도 똑똑히 전해. 최소한 머리에 피는 마르고 난 다음에나 덤빌 마음을 품으라고……."

휘이이이!

광풍이 몰아쳤다. 주변에 깔려 있던 낙엽들이 바람에 휩쓸려 한꺼번에 허공으로 치솟았다.

파르르륵!

낙엽의 회오리가 금왕과 천유신을 휘감았다. 금왕은 당황하여 팔을 저어 낙엽들을 쓸어냈지만 천유신은 가만히 있는데도 다가들던 낙엽들이 저절로 찢겨져서는 흩어졌다.

천유신은 혀를 찼다.

"꼬리를 달고 왔구나, 금왕."

"예?"

천유신은 대답 없이 어딘가를 가리켰다. 순간 허공을 비산하던 낙엽들이 무형의 힘에 밀려서는 좌우로 흩어졌다.

그곳엔 두 남녀가 서 있었다.

금왕이 두 눈을 까뒤집었다.

"어째서 여기까지 따라왔는가! 분명 그곳에서 기다리겠다고 내게 약조하지 않았던가!"

"죄송한데 거짓말이었습니다. 몰래 어르신을 미행했어요. 사과드리죠."

백진설은 살짝 고개를 까닥거렸다. 금왕은 충혈된 눈으로 그를 노려봤다.

"네놈이 신의를 깰 줄은 몰랐구나."

"원래 우리가 그런 놈들 아닙니까? 금왕쯤 되시는 분이 신의 운운하는 게 더 웃기는데요. 어차피 어르신이 믿는 건 이 세상에 돈 하나뿐이잖습니까."

"네가……!"

그때 천유신이 앞으로 나섰기에 금왕은 부득불 입을 다물 수밖에 없었다.

"네가 백가 꼬맹이냐?"

"패도궁주 백진설을 찾는 거라면 내가 맞소. 그리고 당신은 분명 천겁마신 화무백 선배겠지요."

"지금은 천유신이란 이름을 쓰고 있지. 그리고 한 번만 더 천겁마신 운운하면 골통을 부술 생각이다."

"생각을 하는 것쯤이야 자유겠지요. 그걸 행동으로 옮길 수 있는지는 별개의 문제겠지만."

"하!"

천유신이 신경질적인 웃음을 터뜨렸다.

"아예 작정하고 온 모양이로구나, 애송이 녀석. 노골적으로 도발할 말을 찾느라 머리 굴리는 게 느껴진다."

"어, 들켰습니까?"

피식 웃는 백진설이었다. 천유신은 그에게서 시선을 옮겨 바로 옆의 심유화를 바라봤다.

"어린 계집아, 너는 누구냐?"

잠시 당황하던 심유화가 예를 갖췄다.

"혈교의 대선배님을 뵙습니다. 패도궁의 부궁주인 심유화라고 합니다."

"나는 혈교도도 아니고 너희들의 선배도 아니다. 한데 너는 왜 저놈을 따라온 것이냐? 저놈이야 죽고 싶어 환장해서 왔다지만 말이다. 혹 저놈이 죽는 꼴을 구경하고 싶어서 따라온 것이냐?"

"저, 저는……."

백진설이 손을 뻗어 그녀를 뒤로 밀어냈다.

"앤 구경하러 온 겁니다."

"네가 죽는 꼴을?"

"내가 흑도일존의 자리를 쟁취하는 모습을."

"흑도일존이라! 거창한 말이지만 나는 그런 것에 관심 없다. 그깟 허명에 집착하고 싶다면 마음대로 하거라."

"미안하지만 이 허명을 얻기 위해선 선배가 죽어줘야 할 것 같아서요."

"죽는 건 너일 텐데?"

부웅!

백진설을 중심으로 무형의 파동이 퍼져 나갔다. 제삼자라 할 수 있는 금왕과 심유화는 피부가 찌르르 울리는 느낌에 이를 악물었다.

천유신이 천천히 입을 열었다.

"패도무한공이 맞군."

"암천비류공을 깨려면 이 정도는 되어야 할 것 같아서요. 찾아서 익히느라 개고생을 했습니다."

"제법이구나. 하지만 내게 암천비류공 하나만 있을 거라 생각한다면 오산인데."

"뭐, 오래 사셨으니 이런저런 잡다한 수법들도 많이들 익히셨겠죠. 하지만 결국 제일 중요한 건 그것 아니겠습니까? 가장 강력한 힘을 지닌 무공 말입니다."

천유신은 작게 한숨을 쉬었다.

"하나만 묻자. 왜 이렇게 나와 대결하고 싶어 안달이 난 것이냐?"

"간단합니다. 시간이 더 흐르게 되면 선배가 노환으로 꼴깍 죽어버릴지도 모르니까요."

"지금 이 모습이 노환으로 뒈지기 직전의 꼬락서니로 보이느냐?"

"바보 같은 소리는 그만합시다. 아무리 반로환동 하고 환골탈태한다 해도 주어진 수명을 늘릴 수는 없다는 걸 잘 아실 텐데요. 그 어떤 인간도 태어날 때 지니고 태어난 선천적인 수명을 늘릴 수는 없습니다."

"난 할 수 있는데. 이래 봬도 우화등선까지 한 몸이라 수명이 무한대거든."

"거짓말을 하는 걸 보니 내가 무서운가 봅니다?"

천유신은 짤막히 혀를 찼다.

"그놈 말본새 한번 예쁘장하군. 네가 무서운 게 아니라 그냥 싸우기 귀찮을 따름이다. 솔직히 말해 네놈의 실력을 봐선 나로서도 한두 합 안에 결판을 내기 힘들 것 같으니까."

다름 아닌 천겁마신이 실력을 인정한 셈이었다.

어지간한 고수라 할지라도 감격하거나 자부심을 느낄 만한 일이었지만 백진설은 그저 시큰둥할 따름이었다.

"할 말은 다 하신 겁니까?"

"기어코 싸워야겠다는 말이냐?"

"예, 그럴 생각이 아니었다면 여기까지 오지도 않았을 겁니다."

"네놈이 정녕 그렇게 나온다면……."

천유신의 눈이 심유화를 훑었다. 그 의미를 깨달은 심유화가 마른침을 삼켰다.

백진설이 선수 치듯 말했다.

"미리 말해두는데 유화를 인질로 잡을 생각 따윈 포기하는 게 좋을 겁니다. 그녀가 죽더라도 나는 눈 하나 깜빡하지 않을 테니까요."

"말이야 누구라도 그렇게 지껄일 수 있지."

"못 믿겠으면 해보시죠. 유화, 괜찮지?"

"…어떤 게요? 죽는 게 말인가요?"

"응, 네가 멋대로 따라온 거니까 어쩔 수 없겠다."

"이런 사람을 궁주라고 따른 내가 바보지."

말은 그렇게 해도 심유화는 웃고 있었다. 어디 해볼 테면 해보라는 표정을 한 채로.

그녀는 천유신은 똑바로 응시하며 말했다.

"죽음은 두렵지 않습니다, 선배님."

"하, 이거 참……."

천유신은 머리를 긁적였다.

"약간은 부러운데. 야, 백가야. 저 계집은 네 첩이냐?"

"개인 비서죠."

"나도 수향한테 저런 얘기 좀 들어봤으면 좋겠군. 뭐, 그건 그렇다 치고……."

천유신의 표정이 착 가라앉았다.

"여기서 할 테냐? 아니면 다른 데로 갈 테냐?"

*　　　*　　　*

오싹!

온몸의 모공이 바늘로 찔리는 듯한 느낌에 현월은 소스라치게 놀랐다.

'무슨……!?'

그는 반사적으로 고개를 돌렸다. 그 서슬에 같이 있던 제갈윤이 흠칫했다.

"갑자기 왜 그러십니까?"

"……."

"암제님?"

현월은 대답하지 않은 채 방을 나섰다.

그리고 그대로 걸음을 재촉해 암월방의 장원을 빠져나왔다.

흑련이 곧장 옆으로 따라붙었다.

"당신도 느낀 거군요."

"그럼 너도?"

"예, 심상치 않은 기운이었어요."

"그걸 느낀 건 우리 둘뿐이려나?"

"아마도 그럴 거예요."

글자조차 깨치지 못한 자는 경문이 암시하는 의미를 파악할 수 없다.

그들에게 있어서 경문이란 그저 삐뚤빼뚤한 꼬부랑 글씨의 집합체나 다름없기 때문이다.

그나마 어느 정도 글월을 깨친 수준이라야 그 깊이나 속뜻을 가늠하기라도 할 수 있는 것이다.

조금 전 피부를 찔렀던 느낌이 바로 그러했다.

현월이나 흑련 정도의 고수는 되어야만이 그 느낌이 전해오는 무지막지함을 가늠이나마 할 수 있었다.

파팟.

두 사람은 급히 달려 여남의 어귀까지 도달했다. 금왕과 천유신이 회담을 하고 있을 장소였다.

금왕은 두 사람에게 신신당부를 했었다. 이것은 자신과 천유신, 두 사람만의 밀담이니 결코 엿들을 생각을 하지 말라고.

같은 이유로 그는 데리고 온 무사까지 암월방 장원에 남겨

둔 채였다.

하지만 현월은 이곳으로 올 수밖에 없었다.

그리고 생각했다. 자신의 판단이 틀리지 않았다고 말이다.

회담 장소에서 가장 먼저 눈에 들어온 것은 두 사내였다.

한 사람은 천유신. 그리고 다른 한 명은 그와 대치 중인 건장한 체구의 장년인이었다.

'강하다!'

현월은 본능적으로 느낄 수 있었다.

장년인은 이립을 약간 넘긴 나이로 보였다. 외관만 따지고 본다면 천유신보다도 연상으로 보이는 인상이었는데, 단번에 시선을 사로잡을 만한 미녀를 대동하고 있었다.

두 사람은 현월과 흑련이 등장했음에도 거들떠보지도 않았다.

그저 말없이 서로를 노려보고 있을 따름이었다.

현월의 등장에 반응한 것은 미녀 쪽이었다.

"누구냐?"

앙칼진 외침에 현월이 그녀를 돌아봤다.

"그 질문은 내가 해야 할 것 같은데. 당신들은 누구지?"

"그녀는 혈교 패도궁의 부궁주인 심유화. 청년 쪽은 패도궁주인 백진설일세. 나를 미행해서 여기까지 따라온 것이네."

대답을 한 것은 미녀가 아니라 금왕이었다.

'혈교!'

현월의 두 눈에서 살기가 폭사되었다.

유설태를 제외한다면, 혈교라는 이름은 그의 격노를 이끌어낼 수 있는 유일한 단어라고 봐도 과언이 아니었다.

쿠구구구.

거침없이 흘러나오는 날카로운 살기에 심유화가 흠칫 놀랐다.

"이건……?"

그제야 장년인, 백진설이 현월을 힐끔 돌아봤다.

"어, 제법인데? 그런데 신기한 일이군. 여기 화무백 선배를 제외하면 암천비류공을 익힌 사람은 없는 걸로 아는데. 유 장로가 그새 적합자를 찾아내어 전수시켰을 리는 없고."

백진설은 단박에 거기까지 꿰뚫어보았다.

"넌 누구냐?"

"너희 모두를 죽이기로 맹세한 사람."

"우리라는 건 혈교도를 말하는 것인가?"

"그래, 나는 혈교라는 이름 자체를 중원에서 지워 버릴 것이다."

현월의 대답은 거침이 없었다.

그러나 그 살기 어린 선언 앞에서도 백진설은 피식 웃기만

할 따름이었다.

"눈물겨운 선전포고로군. 하지만 현명하진 않은 것 같군. 네가 정말 누군가를 죽이고자 한다면 그자가 경계하게 만들게 아니라 안심하게 만드는 편이 훨씬 수월하지 않을까?"

"속 편한 걱정을 다 하는군. 네가 적을 걱정할 입장인가?"

"못할 것도 없지. 넌 내 백초지적이 되지 못할 테니까."

언젠가 금왕이 현월에게 했었던 것과 같은 요지의 말이었다.

다만 차이랄 게 있다면 그땐 십초지적이었던 게 이번엔 백초지적으로 늘어났다는 것이었다.

'그 사실에 기뻐해야 할까.'

현월은 내심 쓴맛을 느꼈다. 십초지적이 됐든 백초지적이 됐든 백진설은 그를 전혀 위협적인 존재로 보고 있지 않았다.

그리고 그게 사실이란 점이 더더욱 씁쓸했다.

"그새 목표를 내가 아닌 후배 녀석으로 바꾼 것이냐?"

"그럴 리가 있겠습니까?"

백진설이 다시금 천유신을 돌아봤다. 더 이상 현월에게 용건은 없다는 태도였다.

천유신은 여남 쪽을 힐긋 보았다.

아직 임수향은 아무것도 모른 채로 그곳에 있을 터였다. 아마 천유신이 여기까지 왔다는 것조차도 모르고 있을 테지.

"자리를 옮기는 게 낫겠군."

"여남에 뭐 소중한 것이라도 있는 모양입니다?"

"왜, 있다고 하면 그걸 노릴 테냐?"

백진설은 단호히 고개를 저었다.

"그 정도로 치졸한 놈은 아닙니다. 어디까지나 선배를 꺾는 것은 정정당당히 이룰 생각입니다."

"말은 잘하는군."

천유신은 현월과 흑련을 돌아봤다.

"너희들더러 물러가 있으라… 고 해봤자 말을 들으려 하지 않을 테지. 따라올 테면 따라와라. 하지만 무슨 일이 생기더라도 목숨을 구해주지는 않을 거다."

"상관없습니다."

현월은 백진설을 노려본 채로 대답했다.

13장

산사태

　여남에서 북동쪽으로 쭉 향하면 천중산이 나온다.

　한때는 수백 명에 달하는 녹림맹 산적이 존재했던 곳.

　그들은 이미 현월의 손에 의해 모조리 소탕당한 뒤였기에 산중에는 인적이라 할 만한 것이 거의 존재하지 않았다.

　천유신과 백진설은 그곳을 택했다.

　물론 그들로서는 산적 따위는 알 바 아닌 일. 그저 가장 가까운 산을 선택한 것에 지나지 않았다.

　어렵잖게 적합한 공터를 찾아냈다.

　부서진 산채의 폐허. 현월이 일거에 소탕했던 산채 중 하나였다.

두 사람은 공터 한가운데에 섰고 나머지는 조금 떨어진 곳에 자리했다.

"안타깝진 않으십니까?"

"그게 무슨 말인가?"

현월의 물음에 금왕이 반문했다.

"이 정도 대결이라면 어마어마한 관중과 돈을 끌어모을 수 있을 텐데요. 그런 기회를 허망하게 날리는 게 안타깝지 않느냐는 겁니다."

"바보 같은 소리."

금왕이 딱 잘라 말했다.

"돈을 벌고 관객을 끌어모으는 것은 부수적인 일에 불과하네. 내가 항시 최우선으로 두는 것은 나 자신의 유희야. 내가 재미를 느낄 일이라면 억만금을 소모하더라도 좋고 내 자신이 재미없을 일이라면 억만금을 준다고 한 데도 싫다네."

금왕의 시선이 심유화에게 향했다.

"그렇기에 약간은 화가 나기도 했지만 자네와 백진설의 행동에 고마움 또한 느끼고 있네. 이렇게나 빨리 두 사람의 대결을 보게 될 줄은 몰랐으니 말이야."

"그러신가요?"

"그래, 하지만 그렇다 하여 약속을 어긴 것을 넘어갈 생각

은 없네. 백진설은 비웃었지만 내가 그 무엇보다도 신의를 중
히 여기는 사람이란 말에는 한 치의 오차도 없으니까 말이
야."

"그 점에 대해선 거듭 사과드립니다."

"사과로 끝날 것 같은가? 자네들의 행보로 인해 혈교는 가
장 든든한 뒷배를 잃은 것이네."

심유화는 잠시 침묵하다가 말했다.

"궁주님께서 화무백 선배를 꺾게 되더라도 그렇게 말씀하
실 수 있을까요?"

"……"

"어차피 여기까지 와버렸으니 저도 그분을 말릴 수 없어
요. 그분이 패한다면 어차피 제게 남는 것은 아무것도 없을
테죠. 차라리 자결하여 그분의 뒤를 따라가는 것을 택할 테니
어르신의 경고는 무섭지 않습니다."

심유화는 올곧은 시선으로 금왕을 바라봤다.

"그리고 만약 궁주님께서 승리하신다면 혈교는 혈무진왕
이래 가장 강대한 주인을 맞이하게 되겠지요. 그때가 되면 마
찬가지로 어르신의 경고는 무의미해요. 궁주님의 힘 앞에서
암류방 따위는 투전꾼들의 집단에 지나지 않으니까요."

"으음……!"

금왕이 불쾌한 침음을 흘렸으나 심유화는 흔들리지 않는

태도를 고수했다.

그때 나직한 목소리가 그들 사이로 끼어들었다.

"그럴 일은 없을 거요."

"뭐……?"

"이기든 지든 내가 놈을 죽일 테니까."

현월이었다. 그는 백진설의 얼굴에 시선을 고정한 채였다.

심유화가 코웃음을 쳤다.

"어처구니가 없군요. 설마 저분들의 대결에 끼어들겠다는 말은 아니겠지요?"

"그럴 일은 없을 거요. 중도에 끼어드는 건 화무백 선배에 대한 예의가 아닐 테니까. 하지만 모든 게 끝난 다음이라면 얘기가 다르지."

"결국 대결이 끝난 뒤를 노리겠다는 건가요? 치졸하게도?"

"개의치 않소. 내 목적은 어디까지나 당신들을 멸망시키는 거니까."

심유화는 현월의 목소리 너머에서 섬뜩함을 느꼈다.

분명 백진설이나 화무백에 비하면 터무니없이 약하다. 하지만 심중에 품고 있는 살기만큼은 그 누구도 따르지 못할 거라는 생각이 들었다.

'이자는 대체……?'

이해할 수 없는 작자였다.

암천비류공을 익히고 있는 것도, 혈교에 대한 무한대에 가까운 살의를 품고 있는 것도.

대체 무슨 과거를 지니고 있는 것인지 차마 추측할 엄두조차 나지 않았다.

'하지만……'

심유화는 개의치 않았다.

"당신이 누구든 간에 궁주님을 해하려 든다면 내가 막을 겁니다."

"좋을 대로."

현월과 심유화의 사이로 냉랭한 기운이 풀풀 풍겼다. 그럼에도 그들이 당장에 달려들지 않는 것은 대결을 앞둔 두 사내에게 악영향을 끼치지 않을까 하는 생각에서였다.

칼날 끝에 선 것만 같은 팽팽한 분위기 속에서라면 살짝 심중이 흔들리는 것만으로도 승패가 뒤바뀔 수 있는 일이었다.

'결국은……'

'이기기만 하면 되는 일!'

현월과 심유화는 거의 같은 생각을 떠올리는 중이었다.

*　　　*　　　*

"흠, 그러면 슬슬……"

주변을 돌아본 백진설이 말했다.

"시작해 보는 게 어떻겠습니까?"

"그러지. 선수를 양보한다느니 하는 개떡 같은 말은 하지 않겠다. 하지만 내가 먼저 덤비는 것도 모양새 빠지는 일이니 네가 먼저 덤벼라."

"그게 결국 선수를 양보하는 거 아닙니까?"

"같은 행위여도 의도가 전혀 다르잖아."

"뭐, 그렇게 우기신다면 할 말은 없습니다만."

어깨를 으쓱인 백진설이 돌연 신형을 날렸다. 천유신을 제외한 어느 누구도 그 움직임을 미처 감지하지 못했다.

퍼엉!

허공에서 파열음이 터져 나왔다.

백진설의 주먹이 공간을 때리는 소리였다. 하나 원래 그 자리에 있었던 천유신의 신형은 이미 뒤편으로 슬쩍 빠져 있는 상태였다.

"츳!"

백진설이 호흡을 짧게 끊으며 연달아 치고 나갔다. 그는 권장지각의 모든 수법을 총동원해 천유신을 몰아붙였다.

퍼퍼퍼펑!

허공에서 연신 파공음이 터져 나왔다. 그럴 때마다 주변의 숲에서 산새들이 푸드득 치솟아 올랐다.

파공음은 곧 사방에서 터져 나오는 메아리로 화해 주변은 완전히 소음의 바다가 되어버렸다.

그 한가운데.

두 고수의 신형은 어지러이 뒤얽히고 있었다.

쉬익!

백진설의 우권이 일직선으로 뻗었다. 천유신의 턱을 노린 일수. 천유신은 고개를 슬쩍 돌려 피하는 동시에 그의 팔꿈치 안쪽으로 좌수를 휘감았다.

그대로 끌어당겨서는 뒤틀어 꺾으려는 심산이었는데, 그것을 간파한 백진설이 몸 전체를 비틀어서 빠져나왔다.

천유신은 곧바로 따라붙었다 우각(右脚)을 밀어 차며 백진설의 명치를 노렸다.

백진설은 슬쩍 몸을 띄워서는 천유신의 발끝에 올라섰다.

한순간 시선을 교환한 두 사람이 서로의 발끝을 동시에 후렸다.

파앙!

두 사람의 신형이 뒤로 튕겨져 나갔다. 삼 장쯤 날아간 백진설은 신형을 반전시켜 아름드리나무의 줄기를 걷어차고는 앞으로 튀어 나갔다.

같은 순간.

주르륵 밀려났던 천유신도 앞으로 돌진하며 주먹을 뻗고

있었다.

쾅!

이번엔 양쪽 모두가 한껏 강기를 휘감은 채였다. 벽력이 터지는 듯한 폭발과 함께 막대한 양의 후폭풍이 사방으로 몰아쳤다.

굵직한 나무들이 꺾여서 넘어졌고 바닥의 낙엽들이 해일처럼 솟구쳤다.

원시적인 형태의 박투. 대단한 권식이나 투로를 펼치는 게 아닌, 어찌 보면 투박하기까지 한 대결이었다. 그런데도 지켜보는 현월로선 연신 감탄을 토할 수밖에 없었다.

'대단하다.'

백이십 년의 연륜을 고스란히 지닌 천유신이야 그렇다 쳐도 백진설은 도저히 인간이란 생각이 들지 않을 정도였다.

현월이 비록 약관의 나이라 하나 회귀 전의 인생을 감안한다면 불혹에 이르는 경험치를 지녔다고 할 수 있을 터였다.

결국 백진설은 현월보다도 어린 셈이었는데, 그럼에도 현월이 감히 엄두를 내지 못할 경지에 도달해 있었다.

이는 단순히 패도무한공이란 초절정 무공의 덕택만은 아닐 터였다.

돼지 목에 진주 목걸이라는 말도 있거니와, 그것을 제대로 활용할 줄 모르는 이에겐 그 어떤 보물조차 의미가 없는 것이니 말이다.

최강의 무공이 최강의 재능을 만난 것이라고도 할 수 있을 터.

백진설의 경지는 그저 경이롭기만 했다.

'하지만…….'

그렇더라도 천유신을 넘어설 수는 없으리란 생각이 들었다.

'암천비류공의 힘은 여기서 끝이 아니니까.'

현월은 고개를 들었다.

붉은빛 노을이 조금씩 소멸되고 밤의 어스름이 차츰 사위를 잠식하는 중이었다.

어둠이 찾아온다.

그것은 곧 암천비류공의 힘이 배가되리라는 징조와도 같았다.

콰드드드득!

백진설의 몸이 주르륵 밀려났다. 강기가 한껏 실린 권격을 흉부에 정통으로 맞은 결과.

어지간한 절정 고수라 해도 조금 전의 일격엔 뼈와 살이 분쇄되어 나갔을 터였다.

하지만 백진설이 보인 반응은 참으로 단순했다.

"이건 좀 아프군."

나직이 말하며 가슴팍을 문질러댔다.

그것을 바라보는 천유신으로선 헛웃음이 나올 지경이었다.

"정말 몸 하나는 튼튼한 놈이로구나. 벌써 유효타를 몇 번 이고 먹인 것 같은데 멍 하나 들지 않은 것 같군."

"그건 내가 하고 싶은 말입니다. 이 정도로 고전하게 될 줄은 몰랐는데."

"넌 잘 싸웠다."

"훗. 꼭 선심 쓰듯 툭 내뱉는 말 같은데요."

"지금이 아니면 네게 말할 기회도 없을 듯하니까."

어느새 어스름이 주변을 에워싼 뒤였다.

새카만 어둠 속에서 천유신의 두 눈은 별빛처럼 번뜩이고 있었다.

"이제 끝장을 낼 생각이거든."

"어둠 속에서 힘이 배가된다. 암황의 무공이 그런 특성을 지녔다는 것은 익히 알고 있습니다."

백진설이 몸을 일으켰다.

"이제 좀 싸워볼 만하겠군요."

"싸워볼 만하다? 꼭 지금까지는 제 실력을 발휘하지 않았다는 투로구나."

"그렇다고 대답한다면 화내실 겁니까?"

"동정심을 느끼겠지. 네놈의 머리가 기어코 맛이 간 게 분명하니까."

"하하하. 그 농담은 좀 재미있는데요."

건조하게 웃은 백진설이 표정을 굳혔다.

"저보다 오래 사신 분이니 잘 알고 계실 테지만 혈무진왕을 부르는 또 다른 이름은 바로 혈마입니다. 혈무진왕이란 호칭이 수하들에 의해 붙여진 거라면 혈마라는 호칭은 적들에 의해 붙여졌지요. 왜 그런지 아십니까?"

"글쎄, 과거의 망령에겐 딱히 관심이 없어서."

백진설이 차갑게 웃었다.

"그는 진정으로 피를 머금은 마인(魔人)이었기 때문이오."

쿠구구구구.

백진설의 신형으로부터 핏빛의 기운이 흘러나왔다. 천유신이 지닌 어둠의 강기와는 또 다른 성질을 지닌 기운이었다.

두 개의 기운이 허공에서 얽혀들었다. 그러다가 반발 작용이라도 일으킨 듯 곳곳에서 섬전 같은 불꽃이 튀었다.

그러한 기운의 크기는 거의 동등한 수준.

천유신은 기가 막힌 심정이었다.

"이런 걸 숨겨두고 있었다고?"

"엄밀히 말하면 숨긴 게 아니라 억제해 둔 거요. 사실 지금도 조금은 걱정이 되오. 이 광기를 내가 과연 제어할 수 있을

지 말이오."

"광기라고?"

"그렇소."

부릅뜬 백진설의 두 눈은 새빨간 핏빛이었다.

"나는 마인. 오로지 파괴와 멸실만을 탐하는 게걸스러운 악귀일지니."

퍼엉!

갑작스런 충격에 천유신의 몸이 휘청거렸다. 좌측으로부터 권격이 꽂힌 것인데, 이번만큼은 그조차도 움직임을 미처 감지하지 못했다.

"큭!"

타격이 호신강기마저 뚫고 들어왔다. 뼈가 자르르 울리는 느낌에 천유신은 침음을 삼켰다.

'연격이 들어온다!'

황급히 무릎을 차 올려서 반격하려 했다. 그러나 백진설의 신형은 또 다시 사라진 뒤.

이번엔 뒤편이었다.

쿵!

허리를 찌르고 들어오는 팔꿈치. 척추를 부술 듯한 타격에 천유신은 입을 쩍 벌렸다.

"크으으!"

고통을 애써 억누르며 상체를 회전해 우권을 후렸지만 이번에도 허공만을 훑을 따름이었다.

백진설은 몸을 숙인 채였다.

쩍!

위를 향해 내뻗은 권격이 턱에 적중했다.

뇌까지 통째로 흔들리는 느낌에 천유신은 한순간 의식을 잃었다. 물론 그것은 무척이나 짧은 찰나 동안의 혼절이었으나 백진설이 그의 몸을 붙들기엔 충분한 시간이었다.

천유신의 목을 양손으로 붙든 백진설이 그의 몸을 크게 휘둘렀다.

천유신의 몸이 허공으로 떠올랐다.

백진설은 그대로 몇 차례 회전하다가 손을 놓았다.

콰드드드득!

콰과과곽!

천유신의 몸은 거의 십여 장 가까이를 날아갔다. 그 십여 장의 공간 위에 놓여 있던 나무들이 모조리 꺾이며 굉음을 토했다.

산등성이 위로 흙먼지가 피어올랐다. 멀리서 본다면 등성이 위로 난 일직선의 흔적을 분명하게 확인할 수 있을 터였다.

그게 끝이 아니었다.

홀쩍 몸을 띄운 백진설이 허공을 박차고는 천유신을 향해 쇄도했다.

그러고는 패도무한공의 강기를 집약시킨 일권을 그의 흉부에 꽂아 넣었다.

쿠웅!

묵직한 굉음과 함께 산이 통째로 진동했다.

그리고…

쩌저저적!

주변의 땅이 가뭄 시의 논바닥처럼 사방으로 갈라졌다.

균열은 곧 산등성이 전체로 퍼져서는, 마침내 산의 일부분이 그대로 무너져 대붕괴가 일어났다.

콰드드드드!

인간의 손에 의해 구현된 산사태였다.

나무와 흙, 바위와 토사가 한데 섞여서는 쓸려 내려갔다.

"큭!"

파괴는 현월 일행이 있던 곳에까지 미쳤다.

그들은 산사태에 휘말리지 않기 위해 급히 몸을 날렸다.

파앗!

무너지는 토사 사이에서 무언가가 솟구쳤다. 백진설의 신형이었다.

"……"

그는 차가운 얼굴로 아래편을 응시했다. 압도적인 힘으로 천유신을 몰아붙인 것치고는 그렇게 여유가 넘치는 표정은 결코 아니었다.

쿠구구…

산사태가 약간은 진정되는 느낌이었다. 그 와중에도 백진설은 허공을 밟은 채 서 있었다.

어느 순간 그의 입가에 희미한 미소가 스쳤다.

토사를 헤치며 나오는 천유신의 모습이 발아래에 있었다.

14장

뇌성(雷聲)

"제기랄!"

천유신은 거칠게 숨을 몰아쉬었다.

그의 흉부가 위아래로 오르내릴 때마다 쩌적거리는 파열음이 흘러나왔다. 박살이 난 흉골들이 부딪치며 내는 소리였다.

어지간한 초고수라도 죽음을 면하기 힘들었을 일격이었다.

그 여파만으로도 산사태가 일어났을 정도이니 그 파괴력에 고스란히 노출당한 천유신이 받았을 충격량은 어마어마할 터였다.

"이런 것을 숨겨두고 있었나. 빌어먹을 놈."

천유신은 문득 고개를 들었다.

허공에 발을 디딘 채 자신을 내려다보고 있는 백진설의 모습이 보였다.

그가 딱히 천유신을 업신여기는 표정을 지은 것은 아니었다.

그의 얼굴 어디에도 천유신을 비웃는 듯한 태도는 담겨 있지 않았다.

하지만 그렇기에 오히려 천유신은 진득한 모멸감을 느꼈다.

참으로 오랜만에 느껴보는 감정.

천유신은 이를 악물었다.

퍼엉!

그가 바닥을 박차고 치솟는 것만으로도 자그만 여진이 일어났다.

그러거나 말거나 천유신은 삽시간에 허공으로 떠올라서는 백진설의 목을 움켜쥐었다.

"……!"

앞서 백진설이 보였던 것을 웃도는 쾌속이었다. 내내 마음 한구석에 여유를 두고 있던 천유신이 마침내 그 제약을 풀어

버린 것이다.

두 괴물이 뒤엉키는가 싶더니 이내 천유신이 백진설을 바닥을 향해 패대기쳤다.

쐐애액!

빠르게 추락하는 백진설이었으나 바닥과의 거리가 상당한 탓에 도중에 멈출 수 있었다. 하지만 그것까지 예측한 천유신은 그대로 따라붙어 그의 정수리에 권격을 내려찍었다.

콰광!

기어코 백진설의 신형이 땅에 처박혔다. 그는 처박히는 것과 거의 동시에 몸을 일으켰으나 천유신은 집요하게 쫓아와서는 연격을 꽂아 넣었다.

콰드드드!

두 사람의 신형이 한데 뒤엉킨 채 땅속 깊이 틀어박혔다.

자그만 토굴 안에 들어간 것과 같은 모양새였는데, 그들은 아무것도 없는 허공에 있는 양 권격을 교환했다.

콰광!

바깥으로 먼저 튀어나온 것은 백진설이었다. 천유신은 놓치지 않겠다는 듯 따라붙어서는 우권을 내밀었다. 백진설 또한 급히 우권을 뻗어 맞섰다.

콰직!

두 주먹이 정면으로 충돌했다. 뼈가 부서지는 소리와 함께 둘의 오른 어깨가 동시에 들썩였다. 손가락부터 시작하여 어깻죽지에 이르기까지의 뼈와 관절이 모조리 박살 나는 광경이었다.

그들의 몸은 부서지는 것만큼이나 빠르게 회복되었다. 이미 무공의 경지가 육체를 초월한 수준이기에 가능한 일이었다.

"후욱… 후욱……."

거친 호흡을 토하던 백진설이 돌연 소리쳤다.

"유화!"

쩌렁쩌렁한 사자후가 산중을 뒤흔들었다. 그것에 화답이라도 하듯 먼 방향의 숲으로부터 무언가가 튀어 올랐다.

한 자루의 잘 벼려진 장검.

패도궁주의 상징이자 무림십대기보 중 하나라는 무한검(無限劍)이었다.

그것을 확인한 백진설이 황급히 몸을 날렸다. 물론 그것을 가만히 두고 볼 천유신이 아니었다.

"홍!"

그는 백진설의 등을 향해 지풍을 날렸다. 말이 지풍이지 궁극에 달한 암천비류공의 내공과 결합이 되니 그 위력은 거의 뇌격에 가까운 위력이었다.

하나 백진설 또한 궁극에 다다른 무인. 어렵잖게 지풍을 피해서는 무한검을 향해 날아갔다.

천유신은 급히 계산해 보았다.

그러고는 지금 뒤쫓아선 백진설을 따라잡을 수 없다는 결론을 내렸다.

그때 그와 가까운 곳에서 검 한 자루가 허공으로 튀어 올랐다.

현검문의 상징인 현인검이었다.

현월이 상황을 파악하고는 천유신에게 던져 준 것이었다.

"잘 쓰지!"

현인검을 받아든 천유신이 소리쳤다. 그 시점에 이미 백진설은 무한검을 뽑아든 직후였다.

패도무한공도 암천비류공도 결국은 검법을 펼칠 때 최상의 위력을 발휘하는 무공들. 지금까지의 전투도 격렬했지만 이제부턴 정말 찰나의 순간에 생사가 오갈 것이 분명했다.

"칫!"

현인검을 받아든 천유신을 보며 심유화는 혀를 찼다. 이럴 줄 알았다면 현월과 흑련을 미리 제거하는 게 좋았을 거란 생각이 들었다.

'저들만 아니었어도 궁주님께 승기가 기울었을 텐데.'

하지만 아직까진 괜찮았다.

아무리 잘 벼려낸 검이라 해도 무한검의 상대는 되지 못할 터였기 때문이다.

쉬릭!

순간 후방에서부터 심유화를 향해 쇄도하는 살기가 있었다.

심유화는 급히 몸을 트는 동시에 장력을 출수해 전방에 무형의 방패막을 만들었다.

타앙!

예리한 비수가 방패막에 충돌해 튕겨 나갔다. 흉수를 확인한 심유화가 눈매를 좁혔다.

"아까 전 그자와 함께 있던 분이로군요. 제법 예리한 공격이었어요. 가까스로 접근을 눈치챘을 정도이니."

"……"

"한데 왜 갑자기 공세를 취한 거죠? 아직 저분들의 대결은 끝나지 않았는데."

"원래는 검을 던지는 걸 막으려던 것이었어요."

흑련은 나직이 대꾸했다.

"결국 실패하고 말았지만요."

"그럼 더 싸울 생각은 없다는 뜻인가요?"

"아뇨."

흑련은 고개를 저으며 검을 뽑아 들었다.

"당신들은 살려두기엔 너무나 위험해요. 나중에 금왕께 꾸

지람을 듣는 한이 있더라도 지금 여기서 제거해야만 한다는 게 내 생각이에요."

그녀의 말에 반응이라도 하듯 반대편의 수풀 사이에서 현월이 튀어나왔다.

삽시간에 두 사람과 대치하게 된 심유화가 입술을 깨물었다.

'여자 한 명만으로도 벅찬데……'

흑련 또한 보통 고수가 아니었다.

한데 현월은 그 이상 가는 고수이기까지 했다.

아마도 일대일로 붙는다 해도 심유화가 감당하지 못할 터였다.

한데 이 대 일이라면 말할 것도 없는 일.

그녀는 판단을 내리자마자 몸을 돌려 달아나기 시작했다.

현월이 곧장 쫓으려 했으나 흑련이 먼저 소리쳤다.

"여기 남아 계세요! 저 여자는 제가 처리하겠어요."

"하지만……."

"만약 일이 잘못된다면 수습할 수 있는 사람은 현 소협뿐이에요."

그 말이 현월을 멈추게 했다.

그는 이미 뼈저리게 실감한 뒤였다.

어쩌면 이 대결에서 패하는 게 천유신이 될지도 모른다는 것을.

그렇다면 그 후에라도 백진설을 어떻게든 제거해야만 했다.

그를 이대로 살려뒀다간 무림 전역에 어마어마한 혈겁을 몰고 올 게 뻔했으니 말이다.

'혈교천세!'

무림맹이 스러져 가던 날 나부끼던 깃발.

현월의 망막에는 여전히 그 모습이 지워지지 않은 채 남아 있었다.

"부탁해, 흑련."

고개를 끄덕인 흑련이 심유화를 뒤쫓았다.

그사이 허공에선 연신 뇌성(雷聲)이 터져 나오고 있었다.

*   *   *

짜앙!

검이 충돌할 때마다 어둠 속에 벽력이 수놓아졌다. 칼날 사이로 불꽃이 튀어 오를 때마다 고막을 찢을 듯한 굉음이 뒤를 따랐다. 검과 검이 피워내는 열기가 구름들을 흩어냈다.

앞서 권장지각으로 겨룰 때와 같은 투박함은 존재하지 않았다.

두 사람의 검격은 그 하나하나가 서로의 숨통을 노리는 것이었고 그렇기에 아슬아슬한 균형을 유지하고 있었다.

'그러나!'

백진설은 알고 있었다. 끝은 생각보다도 빠르게 다가오리란 것을.

쩌저적. 쩌적.

현인검의 위로 거미줄처럼 그어지는 균열. 천유신의 내력과 검이 부딪칠 때의 충격을 검신이 버티지 못하고 있었다.

그리고 검이 깨어지는 순간 팽팽하게 이어지던 균형 역시 급격히 기울 터였다.

승리가 눈앞에 있었다.

백진설은 한층 거세게 몰아붙였다.

콰직!

마침내 그 순간이 왔다.

현인검은 쨍강 부러지는 게 아니라 추락한 고드름처럼 산산이 부서져서는 허공에 흩날렸다.

'끝장을!'

백진설이 급히 치고 들어가려 할 때였다.

그의 망막에 신형을 급회전시키는 천유신의 모습이 맺혔다.

도망가려는 모습은 결코 아니었다.

파파파팍!

천유신의 권장지각이 연신 허공을 후려쳤다.

정확히는 산산이 깨어져서 비산하고 있는 칼날의 조각들을.

각각의 조각들은 곧 자그만 암기로 화했다. 천유신의 내력이 고스란히 담긴 암기들이었다.

"칫!"

백진설은 혀를 차며 급히 신형을 비틀었다. 무시하고 치고 들어갈 수도 있겠지만 그랬다간 이어지는 천유신의 반격을 허용할 위험이 컸다.

물론 피한다 해서 능사는 아니었다. 어차피 천유신이 달려드는 건 마찬가지였으니까.

'놈은 육박전을 치르려 한다!'

검을 빼앗거나 최소한 놓치게 만들어서 육박전으로 몰고 간다. 천유신에게 있어선 그것이야말로 최선의 수일 터였다.

물론 백진설은 그렇게 되도록 내버려 둘 생각이 없었다.

그는 체내의 잠력을 모조리 끌어올렸다.

파앗.

그의 몸에서 두 줄기의 기운이 흘러나왔다. 하나는 핏빛이며 다른 하나는 화사한 백색.

패도무한공의 두 상징인 혈섬화(血閃花)와 백섬화였다.

두 기운이 한데 뒤엉키며 무한검의 검신으로 스며들었다.

이윽고…

쩌저저적!

무한검의 검신이 산산이 부서지며 적색과 백색이 뒤엉킨 섬광이 터져 나왔다.

패도궁주 백진설의 성명절기라 할 수 있는 광륜검(廣輪劍)이었다.

"크합!"

백진설은 기합을 토하는 동시에 천유신을 향해 검을 내뻗었다.

피할 수 없음을 알았기 때문일까. 천유신은 한층 속도를 높여서 백진설에게로 돌진했다.

어둠이 그대로 달라붙은 듯한 흑색의 강기가 갑주처럼 그의 온몸을 두르고 있었다.

파앗!

빛과 어둠이 허공에서 한데 뒤엉켰다.

*   *   *

꽈르르릉……!

먼 하늘로부터 뇌성이 들려왔다. 임수향은 흠칫 놀라 허공을 바라봤다.

"의외네. 수향이는 번개 치는 것쯤은 무서워하지 않을 줄 알았는데."

"그런 거 아니에요, 화란 언니."

"그러면?"

"그냥… 뭔가 느낌이 이상해서요."

"흐응."

유화란이 장난기 어린 얼굴로 말했다.

"그냥 솔직히 말해도 돼. 번개 치는 게 무서울 수도 있는 거지."

"아이참, 그런 게 아니라니까요."

난감한 미소를 짓던 임수향이 돌연 표정을 굳혔다.

"언니."

"응?"

"저… 내일부로 돌아가 봐야 할 것 같아요."

"응? 갑자기 왜? 휴가가 끝나기까지는 아직 시간이 많이 남아 있잖아."

올 때 열흘 걸렸던 거리라지만 돌아갈 때도 마찬가지라는 법은 없다.

이미 현무량의 배려 덕분에 서안까지 돌아갈 마차를 수배해 둔 상태였고 별일이 없는 한 닷새 내에 도착할 수 있을 터였다.

결국 못해도 사나흘 정도는 여남에 더 머물러도 된다는 계산이 나오는데, 그럼에도 임수향은 내일 돌아가기로 결심한 것이었다.

"좀 걱정되는 사람이 있어서 그래요."

"걱정되는 사람?"

"네, 제가 돌봐주지 않으면 혼자서 밥숟갈이나 제대로 뜰 수 있을지 모를 사람이에요."

유화란이 빙긋 웃었다.

"남자구나?"

"…예."

임수향의 얼굴이 붉어졌다.

"어떤 사람인데?"

"바보 같은 사람이에요 게으르기로는 아마도 천하제일이 아닐까 싶은데 용케 잘리지 않고 있어요. 절 도와주거나 하는 일은 기대도 하기 힘들고요. 오히려 일거리를 만들어낸다면 모를까."

"그렇게 말하는 것치고는 그다지 싫어하는 눈치가 아닌데?"

"그게, 뭐라고 해야 할지……."

임수향은 쓸쓸한 미소를 지었다.

"가끔 보면 외로워 보일 때가 많아서요. 그러니 나라도 곁에서 도와줘야겠다, 그런 생각을 했었던 것 같아요."

"누군지는 몰라도 복받은 아저씨네."

"그런데 꼭 그렇지만도 않은 게 그 사람 뒷바라지를 해줄 때면 저도 외롭지 않거든요. 사실 언니와 서신을 나누기 전까지는 그 사람 말고는 제 곁에 아무도 없었던 것 같아요."

"수향……."

유화란은 임수향을 끌어안고 머리를 쓰다듬어 주었다. 임수향은 아련한 기색이 담긴 눈으로 뇌성이 울리는 하늘을 바라봤다.

"밥은 잘 챙겨 먹고 있을지 모르겠네……."

＊　　＊　　＊

"……!"

백진설은 경악했다.

그의 시선은 한곳에 고정되어 있었다.

뻥 뚫린 허공. 찰나의 순간 전까지만 해도 그 자리엔 천유신의 몸뚱이가 있었다. 정확히는 그의 복부가 말이다.

이제 그곳에는 어둑어둑한 허공만이 남아 있었다. 물론 그것은 백진설의 시선이 오로지 그 한곳에만 집중되어 있는 까닭이다.

'놈은······.'

죽지는 않았다.

광륜검에 직격당한 순간 기적적으로 몸을 틀어서는 피해를 최소화한 천유신이었다.

물론 암천비류공으로 빚어낸 암흑의 갑주 또한 한몫을 톡톡히 했다.

그럼에도 복부의 절반 이상이 나아가는 것을 막지 못했다.

허공에 떠 있는 천유신의 모습은 흉물스러웠다. 허리는 거의 끊어지다시피 했으며 내장은 물론이요, 척추까지도 대부분 소실된 상태였다.

게다가 파괴된 부위 중에는 단전 또한 포함되어 있었다.

무의 신이라 하더라도 결코 회복하지 못할 타격이었다. 절명하지 않은 것이 오히려 이상할 정도의 모습이었다.

그럼에도 아직 살아 있다.

그렇기에 백진설이 경악하고 있는 것이었다.

쉬익!

천유신이 신형을 날렸다.

단전이 통째로 날아갔다고는 믿기지 않을 정도의 빠르기. 아마도 몸 곳곳에 남아 있는 내력을 최대한 끌어냈기에 가능한 일일 터였다.

"발악을 하는군!"

그렇게 소리치는 백진설이었으나 얼굴에 새겨진 긴장감을 완전히 지우지는 못했다.

그 또한 상당한 타격을 입었던 데다 최종 절기인 광륜검까지 펼친 까닭에 체내에 기력이 거의 남아 있지 않았던 것이다.

퍽.

천유신의 주먹이 백진설의 턱을 후렸다. 의외로 묵직한 타격에 백진설은 이를 악물었다.

"괴물……"

그 말이 채 끝나기도 전에 천유신의 몸이 땅으로 추락했다. 이러니저러니 해도 그 또한 결국은 인간에 불과했던 것이다.

'하지만 방심할 순 없다!'

즉사해도 할 말이 없을 타격으로부터 천유신이 몸을 회복하는 것을 몇 번이고 보았던 백진설이었다.

또한 그 자신도 재생력을 통해 몸을 여러 차례 회복하지 않았던가.

세상엔 만에 하나라는 게 존재하는 법.

그는 천유신의 숨통을 완전히 끊기 위해 뒤쫓아 내려갔다.

그리고 바닥에 내려서자마자 천유신의 하반신을 확인할 수 있었다. 추락하는 통에 완전히 허리가 끊어져 버린 모양이었다.

그와 얼마 떨어지지 않은 곳에 천유신의 상체가 있었다.

놀랍게도 아직 목숨을 부지한 채였다.

그러자 비로소 백진설은 마음을 놓았다.

이렇게까지 된 이상에야 화타가 살아 돌아오더라도 그를
살릴 수 없을 터였다.

"모두 끝났습니다, 선배."

백진설의 목소리에 천유신이 픽 웃었다.

"내가 축하라도 해주길 바라는 것이냐?"

"어려운 부탁일는지요?"

"당연한 소릴 하는군, 멍청한 놈."

천유신은 길게 한숨을 토했다.

호흡이 한 번 두 번 이어질 때마다 그의 외관이 급속도로
노화되어 갔다.

"이 나이에 이르러 마침내 얻게 된 것이 있지. 그건 다름
아닌 죽고 싶지 않다는 감정이었다."

"……."

"우스운 일이지. 누릴 것 다 누리고 내키는 대로 살아왔는
데도, 무료하다 싶을 만큼 삶을 누렸는데도 죽기는 싫더군.
그러니 날 죽인 네놈에게 축하 따윌 해줄 리 만무하지 않겠느
냐?"

"⋯그렇더라도 이미 결착이 난 일. 날 너무 원망하진 마십시오."

"싫다. 죽어서도 원귀가 되어 네놈을 따라다닐 테다."

농담인지 진담인지 모를 소리에 백진설은 피식 웃었다.

"저주를 퍼부으려면 좀 더 그럴듯한 것을 택하는 게 낫지 않겠습니까?"

"그렇겠군. 예컨대 내 원한의 힘이 하늘을 감동시켜 네 심장을 부숴 버린다든가 하면 어떨까?"

"좀 오싹하긴 하군요. 하지만 현실성은 없는 얘기입니다."

"그렇겠지."

천유신이 재차 한숨을 내쉬었다.

그의 얼굴은 이제 목내이(木乃伊)를 연상케 할 정도로 노화되어 있었다.

그냥 내버려 두어도 바람에 풍화되어 버릴 것만 같은 모습이었다.

"그러니까⋯⋯."

천유신의 목소리가 잦아들었다.

백진설은 그의 마지막 한마디를 놓치지 않기 위해 청력을 기울였다. 실용적인 성격의 그였으나 흑도제일인의 죽음 앞에서는 자못 숙연한 마음이 들 수밖에 없었던 것이다.

그게 실수였다.

"지금이다."

"뭣……?"

푸욱!

세 개의 움직임이 거의 한순간에 동시에 일어났다. 천유신의 중얼거림과 백진설의 반문, 그리고 그의 등에서부터 심장을 꿰뚫는 검격의 세 가지가.

짤막한 비도의 칼날 끝이 백진설의 흉부를 비집고 나왔다.

"크으윽!"

비명을 삼키는 백진설의 등 뒤에서 현월의 두 눈이 귀기를 토했다.

15장

죽음의 화신(化身)

　섬서성, 서안.

　무림맹 본부는 거의 작은 도시에 준하는 규모를 지니고 있었다.

　높다란 성벽이 사위 이십 리를 감싸고 있으며 경쟁적으로 솟구쳐 있는 전각들의 숫자는 헤아릴 수 없을 정도다.

　그러한 전각들 사이에 고고한 왕처럼 우뚝 서 있는 것이 바로 만룡전(萬龍殿)이었다.

　강호무림을 좌지우지한다는 무림맹의 수뇌부가 회의 장소로 사용하는 곳이 바로 만룡전이었다.

그 입구만 해도 삼 장 높이의 계단 위에 존재했는데, 어지간한 상급 무사조차도 감히 가까이 갈 수 없는 곳이었다.

그러한 만룡전 내부엔 지금 기이한 열기가 감돌고 있었다.

시작은 여느 때와 같은 정기 회의였다.

각 방파를 대표하는 무림 명숙들이 반년에 한 번씩 모이는 회의로, 무언가를 토론한다기보다는 친목의 목적이 강했다.

한데 이번만큼은 뭔가 달랐다.

회의 중간에 몇몇 명숙들이 자리에서 벌떡 일어났다. 다른 이들이 의아해하는 가운데 그들은 마치 약속이라도 한 듯이 한 방향을 응시했다.

그 사이엔 무림맹주 남궁월 또한 포함되어 있었다.

"으음……!"

남궁월은 무거운 침음을 토했다.

"맹주, 무슨 일입니까?"

"갑자기 왜 그러시는지요?"

의문을 느낀 명숙들이 앞다투어 질문했다. 하나 남궁월은 대답하지 않은 채 그저 남동쪽 방향만을 응시할 따름이었다.

"가련한지고. 그대들은 정녕 이것을 느끼지 못한단 말이오?"

"뭣이?"

명숙들이 표정을 굳혔다.

그들을 도발한 이는 화산일검(華山一劍) 도형유였다. 불혹의 나이에 화산검법의 정점에 오른 고수 중의 고수였으나 그 모난 성격 때문에 정적 또한 무척이나 많은 사내였다.

물론 그 사실에 도형유는 아무런 유감도 느끼지 않았다.

그는 친구보다도 적을 사랑하는 사나이였으니까.

도형유는 으르렁거리는 명숙들을 딱하다는 눈으로 바라봤다. 물론 그 이상의 비웃음도 담은 채.

"내 한마디에 부끄러움이 아닌 분노를 느낀다는 것만으로도 당신들은 글렀소."

"대체 무슨 말을 하는 것인가?"

"화산의 위세를 등에 업었다고 눈에 보이는 게 없는 모양이지?"

"장문인도 장문인이군. 왜 당신 같은 자에게 매화검수의 자리를 내놓았는지 알 수가 없어."

표독스런 말 앞에도 도형유는 흥분하지 않았다. 그저 한심하다는 듯 혀를 찰 따름이었다.

"지금도 피부가 이렇게나 저릿할진대 그러한 전율조차 느끼지 못했다는 건 그대들의 공부가 얕고도 하찮다는 뜻이오."

"뭐, 뭣이 어째!?"

"대체 무슨 헛소리를 하는 것이냐?"

"도형유의 말은 헛소리가 아니외다."

그를 두둔하고 나선 이는 공동파의 검주선인(劍主仙人)이었다.

세간에 검주선인을 제외하고는 천하를 논하지 말라는 말이 있을 정도의 강자이자 도형유와는 달리 수많은 무림인들의 존경을 사고 있는 위인이기도 했다.

그가 도형유를 두둔하자 으르렁거리던 명숙들도 깨갱 할 수밖에 없었다.

"그, 그게 무슨 말씀이신지요?"

"저희에게도 풀어서 설명해 주실 수 있으시겠습니까?"

저자세로 나오는 명숙들을 보며 도형유가 코웃음을 쳤다.

"흥! 이제야 자신들의 무지몽매함이 좀 부끄러워지는 모양이오?"

"……."

명숙들은 똥 씹은 표정이 되었으나 차마 뭐라 반박하지는 못했다. 어쨌든 그들이 모르는 무언가가 있는 것은 분명했으니까.

검주선인은 동쪽을 응시하며 탄식하듯 말했다.

"조금 전 세상의 무게가 한곳으로 쏠렸었소."

"예?"

"그, 그게 무슨 말씀입니까?"

검주선인은 더 말하지 않았다. 덕분에 명숙들로서는 애가 탈 지경이었다.

도형유가 비웃음 띤 낯으로 말했다.

"설명해 드리리까?"

"……."

"으음."

차마 부탁은 못한 채 구겨진 얼굴로 침음만 흘리는 명숙들이었다.

도형유는 큭큭 웃고는 말을 이었다.

"이곳에서 얼마 떨어지지 않은 동쪽에서 방금 전 큰 별이 떨어졌소."

"큰 별이 떨어졌다니?"

"그게 대체 무슨 소리인가?"

"천하를 홀로 대적할 만한 강자가 죽음을 맞았다는 거요."

"대체 누가 죽었단 말이지?"

명숙들이 서로를 돌아보며 쑥덕댔다.

도형유는 어깨를 으쓱였다.

"그것까진 모르겠소. 하지만 분명한 건 우리들마저도 전율을 느낄 만한 강자의 기운이 사라졌다는 점이오."

"전율……?"

"하지만 우린 아무것도 느끼지 못했는데?"

도형유는 끌끌 혀를 찼다.

"우물 안 개구리는 대해의 드넓음을 모르는 법. 대신 하늘의 깊이를 안다며 자위하기도 하지만 실질적으로는 하늘에 대해서도 제대로 모르는 법이오. 개구리가 아는 거라고는 아마 파리 잡는 방법뿐일 테지."

"뭐, 뭐라고?"

"지금 그 말은 우리를 우롱하는 것인가?"

"자기네 욕하는 건 잘 알아들으시는구려?"

"도형유!"

쿵!

묵직한 굉음이 장내를 흔들었다. 얼굴을 붉히고 고래고래 소리를 치던 명숙들이 입을 다물고는 딸꾹질을 해댔다.

진각을 밟아 굉음을 울린 이는 무당의 팔주선인(八珠仙人) 법송이었다.

그는 무당의 삼천육백 도사들의 권법 스승이라 할 수 있는 인물로, 어지간한 싸움꾼 저리 가라 할 다혈질의 소유자였다.

"이제 좀 조용해졌군."

"……"

그의 혼잣말에 명숙들은 한마디도 꺼내지 못했다. 그것을 본 도형유가 억울하다는 듯 중얼거렸다.

"나한테는 그렇게나 바득바득 달려드는 주제에 저 땡추중은 무섭다는 건가?"

"인격의 차이일 테지."

법송이 느긋하게 반격했다. 도형유는 쯧 하고 혀를 찰 뿐 더 말을 꺼내진 않았다.

때마침 맹주 남궁월이 운을 뗐다.

"군사."

"예, 맹주."

곁에 있던 유설태가 고개를 조아렸다.

"왜 그렇게 식은땀을 흘리고 계시오?"

"……?"

맹숙들이 의아함을 느끼며 유설태를 돌아봤다. 그들은 그제야 유설태의 얼굴이 땀으로 범벅이 되어 있는 것을 확인할 수 있었다.

"아무래도 어젯밤 탕약을 잘못 끓여 먹은 모양입니다."

"탕약을?"

"그렇습니다. 요사이 몸살 기운이 있어서……."

"몸살이라."

남궁월의 시선이 유설태의 얼굴을 훑었다. 유설태는 표정을 드러내지 않은 채 그의 시선을 담담히 받아 넘겼다.

맹숙들은 왠지 모르게 그 광경이 꼭 칼날을 서로 쥔 채 대치하는 것만 같다고 느꼈다.

한동안 침묵하던 남궁월이 말했다.

"내 잘 아는 의원을 소개해 드리리다. 그에게 의뢰하면 체질에 맞는 약을 달여 드릴 게요."

"천부당만부당한 말씀입니다. 제가 어찌……."

"군사의 몸이 안 좋으면 무림맹 또한 끙끙 앓을 수밖에 없소. 거절하지 마시구려."

"그렇게 말씀하신다면……."

유설태가 고개를 조아렸다.

남궁월이 명숙들을 돌아본 채 입을 열었다.

"나는 맹주의 자리에 오르기 전 천하를 주유하며 수많은 고수들과 무에 대해 논해왔소. 그 와중 특별히 기억에 남는 이가 세 사람이 있었는데, 그중 한 명은 세상을 떠나셨고 다른 한 사람은 우화등선하셨으니 남은 이는 한 명뿐이오."

"……."

"그리고 조금 전의 느낌은 앞선 두 사람이 세상을 떠날 때와 비슷한 느낌이었소."

"……!"

장내가 술렁이기 시작했다. 남궁월은 한쪽 손을 들어 소란을 가라앉혔다.

도형유가 번쩍 손을 들고는 물었다.

"그 마지막 한 사람이 누굽니까?"

무례라면 무례라 할 수 있었다. 남궁월은 그에게 발언권을 주지 않았으니까.

하지만 이번만큼은 도형유를 적대하던 이들조차 딴죽을 걸지 않았다. 어쨌든 그들 또한 궁금하기는 마찬가지였으니까.

남궁월도 그의 무례를 문제 삼지 않았다. 어차피 말할 생각이었기 때문이다.

그는 뜸을 들이거나 하지 않았다.

"천겁마신 화무백."

"……!"

무척이나 담담한 어조의 답변이었다. 하지만 그 내용물은 결코 담담하지 않았다. 아니, 담담할 수가 없었다.

천겁마신의 악명은 백도 무림에까지 널리 퍼져 있었던 것이다.

흑도제일인!

화무백은 그 표현과 거의 동일하다고까지 여겨지는 존재였다.

수십 년 전에도 이미 그는 최강이었고 그것은 지금까지도 변하지 않았다.

그가 만들어진 전설에 불과하다고 생각하는 이들도 있었다. 혹은 그가 이미 어떤 형태로든 세상을 떠났다고 생각하는 이들도 있었다.

그만큼 화무백이란 존재는 신비에 싸여 있었다.

어느 명숙이 벌떡 일어나 물었다.

"저, 정말 천겁마신을 만나보셨습니까?"

"그렇소."

"그자와 자웅을 겨루신 겁니까?"

"그랬었지."

"결과는 어땠습니까?"

턱을 쓰다듬던 남궁월이 나직이 말했다.

"나의 검은 산산조각이 났고 그의 검은 분질러졌었지."

"……!"

"허어!"

누군가가 탄식을 뱉었다. 한쪽의 검이 부러지고 다른 쪽 검이 산산조각이 났다면 아무래도 후자 쪽이 밀리는 감이 있었던 것이다.

하나 남궁월의 말은 그게 끝이 아니었다.

"나의 팔은 탈골되었고 그의 팔은 부러졌소. 또한 그의 발목은 분질러졌고 내 무릎은 박살이 나 버렸지."

"……."

"양패구상. 그보다도 우리의 몰골을 잘 표현할 단어는 없을 것이오."

명숙들은 마른침을 삼켰다.

한 마리의 고고한 학과도 같은 무림맹주 남궁월이 은연중에 호승심을 내비치는 것만 봐도 천겁마신의 실력이 어느 정도인지는 확연히 알 수 있을 듯했다.

그런데 그런 그가 죽었다.

비록 흑도인의 죽음이라고는 하나 상당한 충격임은 부정할 수 없었다.

"그렇다면……."

재차 도형유가 말을 꺼냈다.

"누가 그를 죽인 것일까요?"

"그것까진 모르겠군. 하지만 그자 또한 무사하지는 않을 것이오."

"하긴……."

명숙들도 고개를 끄덕였다.

그때 불쑥 튀어나오는 목소리가 있었다.

"지금 중요한 건 그게 아닌 것 같소만?"

팔주선인 법송이었다. 모두의 시선이 그에게로 쏠렸다.

"정말로 중요한 것은 그의 죽음이 동쪽에서 느껴졌다는 것이오."

"동쪽……?"

"그게 무슨 말씀이외까?"

어리둥절해하는 명숙들 사이에서 도형유가 혀를 찼다.

"간단한 겁니다! 저 천겁마신이란 마두가 백도 무림의 영역에서 죽음을 맞았다는 것!"

"……!"

"어쩌면 이 일이 흑도 무림의 세력 변동을 상징하는 것일지도 모릅니다. 그리고 그것이 우리들의 보금자리라 생각했던 곳에서 이루어지고 있다는 것일지도 모르지요. 뭐가 되었든 심상찮은 일임은 분명합니다."

도형유의 시선이 유설태에게로 향했다.

"안 그렇습니까, 군사?"

"…그렇소."

유설태는 남궁월을 돌아봤다. 그의 얼굴은 이제 창백하기까지 했다.

"속히 조사단을 보낼 필요가 있을 듯합니다."

"음……."

"제게 맡겨주시면 적합한 인물들을 선출하겠습니다."

"아니, 그럴 필요는 없을 것 같소."

남궁월의 대답은 약간 의외였다. 유설태는 당황한 기색을 드러내지 않기 위해 노력했다.

"그게 무슨 말씀이신지……."

"내 감이 정확하다면 천겁마신이 죽음을 맞이한 곳은 하남성 남부요. 아마도 여남 근처로 추정되는군."

초절정의 고수는 거기까지 읽어낼 수 있는 걸까? 도형유를 비롯한 명숙들은 새삼 감탄한 눈으로 남궁월을 바라봤다.

"이 일에 대한 조사는 소림사에 의뢰하면 될 것 같구려. 혜법 대사라면 필시 세심하게 조사해 주실 테지."

"…알겠습니다."

"그보다 군사께선 정말 제대로 된 의원을 만나보셔야 할 것 같소이다."

*　　　*　　　*

회의는 결국 어영부영 끝나 버렸다. 어차피 형식적인 친목 행사에 불과했으니 별다른 의미가 있는 것도 아니었지만.

자신의 방으로 돌아온 유설태는 벽에 기댄 채 호흡을 골랐다.

"기어코 저지르고 만 것인가……!"

천겹마신 화무백이 죽었다. 그 사실을 깨달은 순간 유설태는 주체할 수 없는 충격에 식은땀을 미친 듯이 흘렸다.

남들이 보기엔 이상하게 보일 수밖에 없었을 모습이리라.

어쩌면 이번 일로 인해 남궁월이나 다른 이들이 그를 의심하게 될지도 몰랐다.

하지만 그런 것조차 신경 쓰지 못할 만큼 그가 느끼고 있는 충격은 너무나 컸다.

'정녕 우리 혈교에 지각 변동이 일어나는가?'

누가 화무백을 죽였을지는 생각해 볼 것도 없었다.

그간의 정황들이 모두 한 사람만을 가리키고 있었으니까.

'백진설!'

분명했다. 놈이 기어코 사고를 치고 만 것이리라.

'대체 어떻게? 금왕을 찾아간 것인가? 그리하여 기어코 그분의 위치를 알아내어 제거한 것인가?'

믿기 어려운 일이었다.

앞의 것들도 그랬지만 특히나 마지막 의문만큼은 더더욱.

아무리 패도무한공을 대성했다 한들 수십 년 동안 흑도일좌를 지켜왔던 거인을 쓰러뜨린다는 게 가당키나 한 일일까?

'백진설이 천재라는 것은 알고 있었다. 하지만 그 재능의 폭이 이 정도로 광대무변했단 말인가?'

유설태는 새삼 패배감마저 느꼈다.

그러나 무엇보다도 큰 감정은 백진설에 대한 배신감과 분노였다.

'왜 그를 죽인 것이냐!'

화무백에게 호의를 가졌던 것은 아니다. 유설태는 철저히 실리적인 이유에서 백진설에게 분노하고 있을 따름이었다.

그는 소리 없는 비명을 토해냈다.

'네놈과 그분이 한데 힘을 합치기만 한다면 백도 무림을 거꾸러뜨리는 것쯤은 손바닥 뒤집기보다 쉬운 일이었을 터! 그후엔 네놈이 그분을 어찌하든 신경 쓸 필요도 없는 일이었다!'

물론 화무백을 설득하는 건 무척이나 어려운 일일 터였다.

하나 유설태에겐 나름의 방법이 마련되어 있었다.

'그 계집!'

임수향이라 했던가?

화무백, 아니, 천유신은 그녀를 소중히 여기고 있었다. 다시 말해 그녀는 천유신을 움직일 방법이라고도 할 수 있을 터.

인질로 쓴다거나 하는 멍청한 짓을 할 필요는 없다. 그저 그녀를 감언이설로 꼬드기고 협의의 이름으로 설득하기만 하더라도 충분했으리라.

'그렇게만 됐다면……'

화무백과 백진설. 역사상 다시없을 최강의 전력이 탄생했을 것이다.

그것만 갖춰졌던들 백도 무림을 초토화하는 것은 일도 아니었을 터.

그 후엔 백진설이 죽든 화무백이 죽든 개의치 않았을 것이다.

어차피 유설태의 목적은 백도 무림의 전복, 그 하나뿐이었으니까.

하나 아직 목표의 반조차 이루지 못했는데 백진설이 덜컥 화무백을 죽여 버렸다.

그로 인해 모든 것이 꽈배기처럼 꼬이고 말았다.

게다가 백진설은 어쩌면 백도 무림의 전복보다도 혈교를 장악하는 것을 우선시하게 될지도 몰랐다. 그렇다면 그것도 그것대로 문제였다.

백진설을 따르지 못하겠다는 게 아니었다. 백도 무림만 무너뜨릴 수 있다면 누가 왕 노릇을 하든 개의치 않을 유설태였다.

다만 혈교를 장악하는 과정에서 혈교의 세력 자체가 감소할지도 몰랐고 반발로 인해 상당한 시간이 지체될 수도 있는 일이었다.

그것만은 피하고픈 게 유설태의 솔직한 심정이었다.

"후우……."

유설태는 한숨을 뱉으며 고개를 쳐들었다.

암후를 길러내려던 계획을 철폐해야 하지는 않을까. 앞으로 어떻게 해야 할까. 오만 가지 생각이 머릿속을 잠식했다.

이래서는 끝이 없을 듯했다.

그는 고개를 휘휘 젓고는 속으로 중얼거렸다.

'가장 중요한 것부터 생각해 보자.'

그럼 지금 가장 중요한 것은?

간단했다.

"백진설."

나직이 중얼거린 유설태가 턱을 괴었다.

'우선은 백진설의 상태를 살펴야겠구나.'

화무백과 생사결을 벌인 직후이니 그 또한 멀쩡한 상태일
리는 없었다.

상처 하나 없이 화무백을 압도한다?

이는 아무리 패도무한공을 대성한 천재 중의 천재라도 불
가능한 일이었다.

'녀석의 곁에는 심유화가 붙어 있을 테지. 하지만 그렇다
해도 안심할 수는 없다.'

어차피 화무백쯤 되는 강자의 입장에선 심유화는 손가락
하나로 짓눌러 버릴 수 있는 모기 같은 존재.

겨우 그녀가 곁에 있다는 사실만으로는 안심이 될 수 없었
다.

유설태의 표정이 한층 심각해졌다.

아까 전엔 미처 생각하지 못했던 것이지만 최악의 경우라
할 만한 것이 아직 남아 있었기 때문이다.

"설마… 정말로 그들이 양패구상 해버린 것은 아니겠지?"

*   *   *

"크으……!"

백진설이 짐승처럼 절규했다.

"아아아!"

그는 무시무시한 기세로 몸을 비틀어댔다. 마치 쇠사슬에 묶인 짐승처럼, 덫에 걸린 맹수처럼.

현월을 떼어내기 위한 몸부림.

그러나 현월은 집요하게 달라붙은 채 떨어지려 하질 않았다.

"크아, 크아아!"

백진설이 양팔을 휘둘러 현월을 가격했다.

썩어도 준치라고 패도무한공의 기운이 담긴 강력한 공격이었다.

그러나 현월은 그럼에도 떨어지지 않았다.

마치 찰거머리처럼 백진설의 심장에 꽂아 넣은 검을 끝까지 움켜쥐고 있을 따름이었다.

"크으……."

결국 기력이 먼저 빠진 쪽은 백진설이었다.

상황이 상황이다 보니 당연한 일이었다.

기실 심장이 꿰뚫렸음을 생각하면 이만큼이나마 발악했다는 게 놀랄 일이었다.

"헉헉. 헉. 허억……."

백진설의 호흡이 약해지기 시작했다.

그의 몸속은 그야말로 전쟁터를 방불케 했다.

현월이 박아놓은 비수는 우심방을 찢어발겨 놓았다. 당연히 혈액 순환이 제대로 이루어질 리 없었고 백진설의 심장엔 피가 가득 들어찼다.

인간이라면 절명할 수밖에 없는 치명상.

그럼에도 백진설은 끈질기게 숨을 붙들고 있었다.

그는 단전으로부터 끌어모은 내력을 이용해 억지로 피를 순환하게 하고 있었다.

이건 안다고 할 수 있는 일이 아니었다.

백진설의 생존 욕구와 절정에 달한 무위가 낳은 기적이었다.

'하지만!'

현월은 비수의 끝을 살짝 비틀었다.

그것만으로도 대동맥과 대정맥이 너덜너덜해져서 내출혈이 일어났다.

그 충격만으로도 죽고도 남았어야 정상이다. 그러나 백진설은 고통으로 창백해진 얼굴을 하고서도 기어코 숨을 붙들고 있었다.

"이미 끝났어."

현월은 그의 귀에 대고 선언했다.

"넌 여기서 죽는다."

"나는 아직, 이대로 죽을 순 없어……!"

백진설은 절규하듯 소리쳤다.

각오는 했었다. 세상 모든 일에는 변수가 존재하게 마련이라는 것도 잘 알고 있었고 천하의 화무백을 상대하는데 쉽게 이기고 돌아갈 수 있으리라고는 꿈에도 생각하지 않았다.

이 세상에 무적 따위는 없다.

아무리 강한 자라 하여도 언제든 죽을 수 있는 것인 인생이다.

그러한 말을 스스로에게 몇 번이나 되풀이했던가.

'하지만……!'

그렇다 하여 자신의 삶을 쉽게 포기할 생각은 없었다. 언제 어떻게든 죽을 수 있는 인생이기에 죽기 직전까지는 무슨 수를 써서라도 살아남아야 한다는 것이 백진설의 지론이었다.

그는 현월을 향해 급히 말을 쏟아냈다.

"네, 네가 원하는 건 모두 이루어주겠다. 나는 아직 이대로 죽을 수 없어. 지금이라도 이 비수를 뽑아다오. 내 모든 것을 걸고 이 빚을 갚겠다고 맹세한다!"

일견 비굴하기까지 한 백진설의 애원이었다. 그러나 현월은 그게 비굴하다고는 생각하지 않았다.

'나 또한 마찬가지였지.'

그 역시 마지막 순간까지 포기하지 않았었다. 그랬기에 과거로 돌아올 수 있었고 예정되어 있던 비극을 미연에 방지할 수 있었다.

그렇기에 약간은 백진설에게 동질감마저 느껴졌다.

삶에 대한 태도만 보자면 그는 그 누구보다도 현월과 닮아 있었다.

'하지만……!'

현월은 조금 떨어진 곳을 응시했다.

상체와 하체가 분리된 채로 천유신의 몸은 이미 싸늘하게 식어가고 있었다.

현월이 백진설의 심장을 찌르는 모습을 바라보면서 그의 생명은 완전히 사그라진 것이었다.

'그에게서 많은 것을 배웠다.'

비록 내켜서 한 일은 아니었다지만 어쨌든 천유신은 현월을 가르침에 있어 최선을 다했다.

알고 지낸 기간은 비록 무척이나 짧았지만 현월은 그에게 나름의 빚을 진 셈이었다.

"네겐 보복하지 않겠다고 약속한다. 너와 관련된 어느 누구도 이 패도궁주 백진설의 이름을 걸고 보호하겠다고 약속하마."

백진설은 그 와중에도 애원에 가까운 회유를 이어가고 있었다.

"나는 이렇게 죽을 수 없어!"

그의 절규는 실로 처절했다.

아마도 평소의 백진설에 대해 잘 아는 이들이라면 눈물을 삼켰을지도 모른다.

천부적인 무의 자질을 지닌 채 태어나 그 어떤 상황에서도 당황하거나 이성을 잃지 않았던 이가 바로 백진설이었다.

수많은 이들이 다음 세대의 혈교를 이끌어갈 기대주로 점찍었고 실제로 그러한 길을 차근차근 밟아 나가고 있었다.

이른바 흑도 무림의 왕도(王道)를 걸어온 인물이라 할 수 있었다.

현월도 알고 있었다.

백진설은 이렇게 죽는 것이 어울리지 않는 인물이란 것을.

아마도 혈교와 무림맹의 운명을 건 최후의 결전에서 가장 마지막 순간에 쓰러뜨려야만 어울릴 법한 인물. 그가 바로 백진설이었다.

하지만 정말 그러한가?

'아니!'

현월은 고개를 저었다.

"어울리고 어울리지 않고 하는 것은 개소리일 뿐이야. 어울리는 죽음이 따로 있고 어울리지 않는 죽음이 따로 있다는 건가? 헛소리!"

"나, 나는……."

"이렇게 죽을 순 없다고? 이렇게 죽을 수도 있는 게 인생이다. 해야 할 일이 있다고? 그건 지금껏 네가 죽여온 다른 모든 이들도 마찬가지였어. 천유신, 저 사람 또한 마찬가지였고!"

"처, 천겁마신은……."

"천겁마신이 아니다. 화무백도 아니야. 그는 천유신이었어. 그리고 천유신에겐 해야 할 일이 있었다……."

현월은 몸을 부르르 떨었다. 그 떨림은 비수를 통해 백진설에게까지 전달되었고 결과적으로 백진설 또한 피거품을 물며 전율했다.

"난 지금껏 수많은 자들을 죽여왔지. 그리고 그건 너 또한 마찬가지일 거야. 그들 중에 죽어도 될 자가 있고 죽어선 안 될 자가 따로 있었을까? 내 생각은 그렇지 않아."

현월은 그 순간 결심했다.

차가운 시선이 백진설의 얼굴을 훑었다.

"넌 천유신에게 원망하지 말라고 했었지. 난 네게 원망하지 말라는 말 따윈 하지 않겠다."

"아, 안 돼. 난 이렇게 죽을 수 없어!"

"아니."

현월은 나직이 속삭였다.

"넌 이렇게 죽는다."

"……!"

비수를 쥔 손목을 반 바퀴 비틀었다.

동시에 팔뚝에 힘을 주어 한층 깊은 곳으로 밀어 넣었다.

움찔!

백진설의 몸이 크게 들썩였다. 부릅뜬 그의 두 눈이 바르르 떨렸다. 부글거리는 피거품이 목젖을 타고 흘러내렸다.

방심하지 않았더라면 이런 일격을 허용하지 않았으리라.

천유신의 마지막 모습에 숙연함을 느끼지 않았더라면, 마지막 순간까지 주변을 경계하며 마음을 놓지 않았더라면.

그는 이렇게 허무하게 죽지는 않았을 것이다.

어쩌면 패도무한공의 강력한 힘을 기반 삼아 혈교를 일통하였을지도 모른다.

어쩌면 무지막지한 무력으로 무림맹을 밀어붙여 혈마천세의 깃발을 나부끼게 만들었을지도 모른다.

어쩌면 중원 전역을 그의 이름 석 자만으로도 벌벌 떨게 만들었을지도 모른다.

그러나 그 모든 것은 가정일 따름.

그는 방심하였으며, 숙연함을 느꼈으며, 마음을 놓았다.

그 결과 불의의 치명타를 허용했다.

그가 어떤 무공을 익혔든 그 어떤 자질을 지니고 태어났든 상관없었다. 죽음이란 것은 그 사람의 배경이나 재능, 자질과 능력을 가리고 찾아오는 것이 아니니까 말이다.

죽음은 누구에게나 공평하다.

대궐 안의 황제가 되었든 저잣거리의 파락호가 되었든 죽음은 바로 다음 순간에라도 그들을 찾아갈 수가 있는 것이다.

"그리고 그게 너를 찾아왔다. 단지 그뿐이야."

현월은 마침내 비수를 뽑았다. 아직 온기가 남아 있는 핏방울이 튀어 올랐다.

"안 돼애애애!"

앙칼진 절규가 들려왔다. 고개를 들어 보니 얼마 떨어지지 않은 위치에서 심유화가 두 뺨을 가린 채 절규하고 있었다.

"궁주님! 궁주님!"

그녀는 현월이 보이지도 않는 듯 달려와서는 백진설을 안아 들었다.

뒤늦게 쫓아온 흑련이 어떻게 하느냐는 시선을 현월에게 보냈다.

현월은 내버려 두라는 눈짓을 하고는 심유화를 내려다봤다.

그녀는 연신 백진설의 몸을 흔들고 있었다.

"안 돼. 일어나요. 장난치지 마세요. 궁주님이 돌아가셨을 리 없잖아요."

두서없이 말을 쏟아내는 그녀였다.

비록 적임에도 안타까움을 자아내는 광경이었으나 현월은 고개를 저어 연민의 감정을 떨쳐 냈다.

백진설이 정말로 죽었음을 그녀가 받아들이는 데엔 그리 긴 시간이 필요하지 않았다.

심유화는 눈물 자국이 남아 있는 얼굴을 들어 현월을 바라 봤다.

그녀의 눈빛은 공허했다.

"당신이 이분을 죽인 거야?"

"그래."

"왜?"

뻔하기 그지없는 바보 같은 질문이었다. 적을 죽임에 있어 이유 따위야 얼마든지 갖다 붙일 수 있는 것이었으니 말이다.

천유신을 죽인 복수라고 말할 수도 있을 테고 혈교에 대한 복수라고 말할 수도 있었다.

굳이 그게 아니더라도 가져다 붙일 명분이야 넘치고도 남 았다.

그중에서 현월이 택한 것은 실로 단순했다.

"언젠가 내 손에 죽어야 할 자였고 그 시간을 단축했을 뿐 이야."

"그건 말도 안 돼……."

심유화는 혼이 빠져나간 듯한 목소리로 중얼거렸다.

"당신 따위가, 당신 주제에 궁주님을 죽일 수 있을 리가 없잖아. 그래, 그게 정답이야. 오늘이 아니면 당신은 궁주님을 영영 죽일 수 없으리라 생각했겠지. 그래서 그분을 죽인 거야. 안 그래?"

"그건 아냐."

현월은 딱 잘라 말했다.

"그 언제가 되었든 나는 놈을 죽였을 거다. 그게 혈교천하를 끝장내기 위한 길이라면."

"개소리하지 마!"

심유화가 현월을 향해 신형을 날리려 했다.

그러나 그녀는 한 걸음조차 접근할 수 없었는데, 어느새 다가온 흑련이 심장에다 비수를 꽂아 넣은 까닭이었다.

공교롭게도 백진설이 당한 것과 같은 일격이었다.

심유화는 눈물을 흘리며 장탄식을 흘렸다.

"궁주님……."

그녀의 몸이 바닥에 널브러졌다. 패도궁주와 부궁주의 어찌 보면 허무한 최후였다.

"허무하군요."

흑련이 씁쓸히 중얼거렸다.

그녀 역시 수많은 살행을 거듭해 왔지만 아마도 이번과 같은 경우는 처음일 터였다.

"아아!"

또 다른 장탄식이 들려왔다.

금왕이었다. 안전한 곳으로 피신했던 그가 뒤늦게 공터까지 달려온 것이었다.

그는 널브러진 백진설과 심유화를 보고는 대강의 상황을 파악했다.

"자네가 한 짓인가?"

마치 비난하는 듯한 말투. 아마도 그로서는 이보다도 안타까운 일이 없을 터였다.

"예."

현월은 짤막히 대답했다.

"전대 천하제일인을 무찌르고 마침내 현시대의 천하제일인이 된 자를… 자네가 죽였다는 말이군."

"그렇습니다."

"자넨 그게 무엇을 의미하는지 알기나 하는가?"

"최소한 어르신께서 생각하고 있는 게 무언지는 안다고 자부합니다."

금왕은 안타까움에 고개를 가로저었다.

"자네를 비난할 수는 없겠지. 죽일 수 있었으니 죽였다. 그게 살수의 방식이란 것은 나부터가 잘 알고 있으니 말이야."

"......."

"축하해야겠군. 이로써 자네는 흑도 제일의 자리에 오른 셈이야."

"그런 순위 따위는 신경 쓰지 않습니다."

현월은 딱 잘라 말했다.

"제 목적은 어디까지나 하나뿐이니까요."

"혈교의 멸망… 말인가?"

현월은 가타부타 대답하지 않은 채 몸을 돌렸다.

"그걸 방해한다면 어르신이라 해도 적으로 간주할 수밖에 없습니다."

"......."

금왕은 지난번처럼 윽박을 지를 수가 없었다.

지금의 정황만 놓고 보면 현월이 어부지리를 취한 격이었다.

천유신과 백진설은 거의 동귀어진하다시피 했고 현월은 기회를 노려 승자인 백진설에게 치명타를 입힌 것이니 말이다.

'그러나 정말 그러한가?'

백진설은 어설픈 고수들과는 차원이 달랐다.

방심하거나 신경을 딴 데 팔았다손 치더라도 그에게 몰래 접근한다는 것은 아무나 할 수 있는 일이 결코 아니었다.

현월은 그것을 해냈다. 그리고 그 누구도 해내지 못한 일을 이루었다.

"사람 한 명을 죽이기 위해선……."

태산을 부술 힘 따윈 필요치 않다.

필요한 것은 날붙이 하나와 약간의 요령, 그리고 적절한 때를 가늠하는 감각뿐.

그것이 바로 암황이 남긴 말이자 모든 살수들에게 있어 철칙과도 같은 말이었다.

현월은 적절한 때를 가늠하여 최적의 순간에 최적의 일격을 꽂아 넣었다.

그것만으로도 그는 상찬 받아 마땅한 것이다.

'암제……!'

금왕은 현월의 뒷모습을 바라보며 전율했다.

그는 자신이 바라보고 있는 것이야말로 진정 죽음의 화신이 아닐까 하고 마음속으로 생각했다.

『암제귀환록』 7권에 계속…

전혁 新무협 판타지 소설
FANTASTIC ORIENTAL HEROES

왕후장상

『월풍』, 『신궁전설』의 작가 전혁이 전하는
유쾌, 상쾌, 통쾌 스토리, 『왕후장상』!

문서 위조계의 기린아 기무결.
사기 쳐서 잘 먹고 잘살던 그에게 날벼락이 떨어졌다.
바로 녹슨 칼에서 나온 오천만 냥짜리 보물지도!

기무결에게 내려진 숙제,
오천만 냥을 찾아라!

그러나 꼬인 행보 끝 도착한 곳은 동창의 감옥이었으니······.

"으아악! 이게 뭐야!! 무림맹이 왜 여기 있는 거야!"

천하제일거부를 향한 기무결의
끝없는 도전이 시작된다!

용마검전

FANTASY FRONTIER SPIRIT

김재한 판타지 장편 소설

「폭염의 용제」, 「성운을 먹는 자」의 작가 김재한!
또다시 새로운 신화를 완성하다!

『용마검전』

사악한 용마족의 왕 아테인을 쓰러뜨리고
용마전쟁을 끝낸 용사 아젤!

그러나 그 대가로 받은 것은 죽음에 이르는 저주.
아젤은 저주를 풀기 위해 기나긴 잠에 빠져든다.

그로부터 220년 후……

긴 잠에서 깨어난 아젤이 본 것은
인간과 용마족이 더불어 살아가는 새로운 세상이었다.

Book Publishing CHUNGEORAM

유통이 아닌 자유추구
WWW.chungeoram.com

허담 新무협 판타지 소설

FANTASTIC ORIENTAL HEROES

검은 별

하늘아래 모든 곳에 있고,
결코 사라지지 않는다.

세상은 그들을 멸시하지만,
세상의 모든 야망가가 은밀히 거래한다.

선과 악이 어우러지고,
어둠과 밝음이 서로를 의지하듯
세상의 빛 그 아래 존재하는 자들.

**무수한 별이 빛을 잃어 어둠을 먹고사는
검은 별이 되어 살아가는,
그리하여 세상 모든 사람이 두려워하는…**

그들은 유령문이다!

Book Publishing CHUNGEORAM

유행이 아닌 자유추구-
WWW.chungeoram.com

연재 사이트 베스트 1위!
어디에서도 볼 수 없었던 천재 의사가 온다!

『메디컬 환생』

언제나 실패만 거듭해 온 의사 진현,
그런 그에게 찾아온 인연의 끈이 있었으니.

"다시 삶을 살면… 어떤 삶을 살고 싶으신가요?"

**다시 한 번 주어진 인생
이번엔 반드시 성공하리라!**